9 Juillet. 2022

Le promeneur de chèvres

De la même auteure

ROMANS

Anna et l'enfant-vieillard, Libre Expression, 2019.
Le bonheur est passé par ici, Libre Expression, 2018.
Petite mort à Venise, Libre Expression, 2015.
Bonheur, es-tu là ?, Libre Expression, 2011 ; collection « 10 sur 10 », 2014.
Cœur trouvé aux objets perdus, Libre Expression, 2009 ; collection « 10 sur 10 », 2012.
Maudit que le bonheur coûte cher !, Libre Expression, 2007 ; collection « 10 sur 10 », 2011.
Et si c'était ça, le bonheur ?, Libre Expression, 2005 ; collection « 10 sur 10 », 2011.

RÉCIT

Ma mère est un flamant rose, Libre Expression, 2013.

RECUEILS DE CHRONIQUES

D'autres plaisirs partagés, Libre Expression, 2003.
Plaisirs partagés, Libre Expression, 2002.

JEUNESSE

Marion et le bout du bout du monde, illustré de 21 œuvres de Marc-Aurèle de Foy Suzor-Coté, Publications du Québec, 2008.
L'Enfant dans les arbres, d'après l'œuvre de Marc-Aurèle Fortin, Éditeur officiel du Québec, 2002.
Mon père et moi, Éditions de la courte échelle, 1992.
Des graffiti à suivre, Éditions de la courte échelle, 1991.

THÉÂTRE

Dernier quatuor d'un homme sourd, en collaboration avec François Cervantes, Éditions Leméac, 1989.
Les Trois Grâces, Éditions Leméac, 1982.

NOUVELLES

« Madame Paquette, madame Tremblay », dans *Aimer, encore et toujours*, Druide, 2016.
« *Un omicidio in la Serenissima* », dans *Crimes à la bibliothèque*, Druide, 2015.

FRANCINE RUEL

Le promeneur de chèvres

Libre Expression

Catalogage avant publication de Bibliothèque et Archives nationales du Québec et Bibliothèque et Archives Canada

Titre : Le promeneur de chèvres / Francine Ruel.
Noms : Ruel, Francine, 1948- auteur.
Identifiants : Canadiana 20210052619 | ISBN 9782764814765
Classification : LCC PS8585.U49 P76 2021 | CDD C843/.54—dc23

Édition : Marie-Eve Gélinas
Coordination éditoriale : Pascale Jeanpierre
Révision et correction : Karen Dorion-Coupal et Féminin pluriel
Illustration de la couverture : Maddia Esquerre
Couverture : Clémence Beaudoin
Mise en pages : Chantal Landry
Photo de l'auteure : Julien Faugère

Remerciements
Nous remercions le Conseil des Arts du Canada et la Société de développement des entreprises culturelles du Québec (SODEC) du soutien accordé à notre programme de publication.
Gouvernement du Québec – Programme de crédit d'impôt pour l'édition de livres – gestion SODEC.

Conseil des Arts du Canada Canada Council for the Arts SODEC Québec Financé par le gouvernement du Canada Canada

Les Éditions Libre Expression
Groupe Librex inc.
Une société de Québecor Média
4545, rue Frontenac
3e étage
Montréal (Québec) H2H 2R7
Tél. : 514 849-5259
editions-libreexpression.com

Dépôt légal – Bibliothèque et Archives nationales du Québec et Bibliothèque et Archives Canada, 2021

ISBN : 978-2-7648-1476-5

Distribution au Canada
Messageries ADP inc.
2315, rue de la Province
Longueuil (Québec) J4G 1G4
Tél. : 450 640-1234
Sans frais : 1 800 771-3022
www.messageries-adp.com

Diffusion hors Canada
Interforum
Immeuble Paryseine
3, allée de la Seine
F-94854 Ivry-sur-Seine Cedex
Tél. : 33 (0)1 49 59 10 10
www.interforum.fr

Pour Patrick Leimgruber,
mon précieux agent littéraire, ami délicieux
et formidable promeneur de chèvres,
qui m'a inspiré cette histoire.

Henri Esquerre,
tendrement nommé Henriquet,
Brigitte Marie Péré Laperne,
affectueusement appelée Maryse,
merci d'être dans ma vie
et de m'avoir inspiré les personnages
du berger et de sa douce.

« Pour aller loin : ne jamais demander
son chemin à qui ne sait pas s'égarer. »
ROLAND GIGUÈRE, *Forêt vierge folle*

« Faire de l'interruption un nouveau chemin,
faire de la chute un pas de danse,
faire de la peur un escalier,
du rêve, un pont,
de la recherche…
une rencontre. »
FERNANDO SABINO, *O encontro marcado*
(« Le rendez-vous convenu »)

PROLOGUE

HIVER

Les deux hommes sont penchés sur l'appareil argenté, très concentrés. Leurs fronts sont de véritables paysages plissés de rides, leurs sourcils sont froncés et leurs yeux, inquiets. Le moment est grave. Puis leurs regards se croisent une fraction de seconde, envahis d'espoir. Le vieux appuie sur la poignée avec toute la délicatesse dont il est capable. Sa mâchoire est tendue. Long moment où les respirations sont asthmatiques. Le temps s'éternise.

Et puis la chose s'extirpe de l'objet. Surpris par la force du projectile, d'instinct, les deux hommes éloignent leur visage de la table, où trône un grille-pain qui a connu de meilleurs jours. La tranche de pain vole, on dirait *Soyouz* propulsée, sans pilote à son bord, vers une hauteur jamais soupçonnée. Elle poursuit sa trajectoire jusqu'au plafond, y fait un rebond mou et finit sa chute sur la tête du jeune homme. Celui-ci attrape la tranche, la tourne dans tous les sens et, déçu, en prend une bouchée.

— Bon ! Je pensais que ça y était, résume-t-il. Au moins la tranche pas cuite a réussi à sortir du *toaster*. Un peu fort, mais…

Son grand-père se frotte la tête, à la fois dépité et vexé.

— On n'y est pas encore, déclare-t-il à son petit-fils tout en reprenant sa paire de pinces et son tournevis.

— Non, pas encore.

PREMIÈRE PARTIE

AUTOMNE

1

Tout le long du trajet, le vieil homme n'avait pas arrêté de pester. Contre les conducteurs trop lents, contre les fous du volant, contre les impatients. Catégorie à laquelle il était convaincu de ne pas appartenir. « Moi, je sais où je m'en vais. Ce sont les autres qui m'empêchent de m'y rendre ! »

Le voyage n'avait pas été de tout repos. Il avait les mains moites à force de serrer le volant, et son front se perlait régulièrement de sueur. Pourtant, il essayait d'obéir au code de la route. Il maintenait une vitesse réglementaire et ralentissait d'instinct devant les voitures de police garées en bordure de rue. Comme son silencieux ne l'était plus du tout, il préférait éviter une contravention.

Un conducteur obsédé par sa propre conduite irrationnelle lui avait même servi un doigt d'honneur bien senti, à travers la vitre de sa portière, accompagné d'invectives qui allaient de pair avec la gestuelle. Henri n'avait bien sûr rien entendu de ces insultes. Il n'avait vu, outre le geste grossier, qu'un homme furieux qui proférait des gros mots.

Au lieu de l'insulter, le camouflet du conducteur nerveux l'avait fait sourire. À maintes reprises, Henri avait été témoin de ces rages au volant à son intention et il en connaissait pas mal sur le sujet, ayant passé son adolescence à mémoriser un chapelet d'offenses des plus tordues proférées soit par son père, soit par ses oncles ou ses frères aînés lorsqu'il se trouvait dans leur voiture.

Il avait longtemps rêvé d'utiliser ces insultes à son tour lorsqu'il se retrouverait au volant de son propre véhicule. Comme il aurait aimé les envoyer promener, *se faire foutre, niquer ou mettre*, tous ces *salopards, péquenauds, dangers publics, couillons de la lune* et *connards* de ce monde. Ces *crétins, trouduc', branleurs, abrutis*, sans oublier ces *enfoirés*, ces *blaireaux*, ces *triples buses*, ces *casse-couilles*, ces *têtes de nœud* ou *têtes de gland*, ou encore ces *têtes de pipe* et tous ces *pignoufs* de première !

Combien de fois ne lui avait-on pas hurlé qu'« il avait sûrement obtenu son permis de conduire dans un paquet de Bonux ! » sans qu'il réagisse pour autant ? C'est que le vieil homme n'avait finalement jamais utilisé à voix haute ces vocables irrévérencieux. Il les roulait plutôt dans sa bouche, avec un certain délice, mais ils ne franchissaient pas la barrière de ses lèvres. Trop vulgaires, trop communs, sans classe ! Toutes ces années, Henri avait conservé certaines pudeurs, et celle-ci en faisait partie.

Lorsque, au bout de l'autoroute 10, il avait franchi le pont Samuel-De Champlain, il avait été particulièrement impressionné. Cette architecture à haubans était majestueuse, et les voies très larges, invitantes et presque dépourvues de voitures, l'étonnaient au plus haut point. Il se rappelait jadis ces longues heures stagnantes, enfermé dans l'habitacle de sa voiture, telle une tortue qui tente d'avancer mais qui se trouve coincée. C'était la première fois qu'il empruntait le nouveau pont. Il avait admiré des photos à la une des journaux lors de sa construction et avait vu des reportages à la télévision, mais rien n'équivalait à fouler son tablier.

Une fois le pont et l'émerveillement passés, ce fut une autre histoire.

Il eut l'impression de se trouver en zone de guerre. Le bataillon des cônes orange se tenait au garde-à-vous, formant des murailles infranchissables. Cet alignement militaire se retrouvait dans chaque rue, chaque avenue. Des quartiers entiers, calmes et avenants il n'y avait encore pas si longtemps, étaient désormais déguisés en champs de mines. On y trouvait des chantiers à cœur ouvert où des bombes semblaient avoir explosé et des bunkers encerclés de machines semblables à des tanks qui se relayaient sans cesse, bloquant la circulation. Dans ce capharnaüm, on apercevait également des tronçons de route éventrés, des tranchées où gisaient des canalisations éclatées en mille miettes. Au-dessus, des kilomètres de trottoirs en réfection. Partout, bruits infernaux et poussière à l'avenant. C'était véritablement le parcours du combattant. À chaque virage, il fallait emprunter des détours. Les panneaux soit incompréhensibles, soit mal formulés, nous ramenaient souvent à notre point de départ après nous avoir imposé à répétition des rétrécissements si étroits qu'on se demandait si on n'allait pas abîmer la voiture, des déviations qui n'avaient aucune logique, des impasses inaccessibles, des sens uniques à rendre fous !

Henri était en sueur. Ce jour-là, il mettait plus de temps à retrouver son chemin dans une ville qu'il ne reconnaissait plus, se limitant désormais à faire la route entre son village des Cantons-de-l'Est et Montréal.

Mais il n'allait pas renoncer à franchir ce labyrinthe apocalyptique, malgré la fatigue et le stress. En bon soldat, il avait une mission à accomplir. Et il y arriverait, fût-ce au péril de son équilibre mental. Depuis qu'il l'avait vu à la télévision, Henri savait qu'il devait sauver le jeune homme. C'était une question de vie ou de mort. De cœur, aussi.

C'est ainsi qu'il aboutit, plusieurs heures plus tard, dans l'est de la ville. Il se gara dans une petite rue. En pleine ville, un paysage de campagne s'offrait à sa vue.

Des dizaines de tentes de toutes les couleurs s'alignaient sur le bord de l'autoroute. Tout au long de ces interminables mois de pandémie, la municipalité avait à maintes reprises forcé les sans-abri qui avaient trouvé refuge dans des terrains vacants à démonter leurs installations. Aussitôt qu'un campement disparaissait, un autre refaisait surface ailleurs.

Le vieil homme se promena longuement à travers les habitations de fortune, abordant leurs occupants quand il le pouvait. Quelques-uns ronflaient sous la tente, emmitouflés dans des montagnes de couvertures, d'autres grillaient une cigarette, à l'extérieur, le regard perdu. Un petit groupe se tenait à l'écart, enveloppé d'une fumée blanche, et ses membres se passaient plutôt un joint odorant.

Deux jeunes hommes aidés d'une femme autochtone tentaient de fabriquer une douche de fortune. Un gros bidon de plastique, qu'on avait attaché solidement avec des cordes à une branche d'arbre, faisait office de réservoir. Un tuyau de caoutchouc servait à récolter l'eau et à la faire couler dans la douche, tandis qu'une vieille feuille de tôle se chargeait d'apporter une certaine intimité. Henri, qui avait assisté à la dernière étape de l'installation, leva les pouces en l'air en direction des trois individus pour leur signifier son admiration et souligner leur débrouillardise. Ils s'aspergeaient d'eau fraîche et riaient à gorge déployée tant ils étaient fiers de leur invention. Et non, ils ne connaissaient aucun Gillou.

Une femme d'un certain âge qui avait de la difficulté à marcher distribuait des dépliants à toutes les personnes qu'elle croisait. Henriquet en reçut un sans l'avoir demandé. Sur ce papier, on rappelait qu'il fallait tenir bon. *Personne va arrivé à nous déloger de ci tot.* Il remarqua les fautes mais n'osa pas les signaler à la dame.

Partout où Henri s'était promené, on l'avait accueilli avec gentillesse, mais personne n'avait pu répondre à sa demande. Comme la distributrice de tracts le lui avait mentionné, des nouveaux, il en arrivait tous les jours. Bientôt, il n'y aurait plus de place. Est-ce qu'il savait que, depuis le début de la pandémie, le nombre de sans-abri avait doublé ? De trois mille qu'ils étaient il y a quelque temps, ils étaient passés au double. Elle était désolée pour lui, mais elle passerait le message aux autres. « Peut-être que quelqu'un le connaît, votre Gillou », avait-elle conclu.

Le vieil homme continua son chemin à travers ce camping improvisé. Un homme l'avertit que, s'il cherchait un emplacement où s'installer, il fallait attendre que quelqu'un quitte les lieux. Mais ça n'arrivait presque jamais.

Au milieu du campement, on avait installé une petite cuisine de fortune. L'espace était étroit ; un réchaud et un barbecue servaient à y préparer des repas. Un gros homme barbu faisait griller des hot-dogs. Une table de pique-nique avait été placée à proximité. Henri décida de s'y asseoir quelques instants ; son arthrose aux genoux venait de se réveiller et le faisait souffrir. Et puis, il y avait tout ce stress. Pas simple, ce long voyage vers la ville, alors qu'il n'y venait que rarement.

Un grand jeune homme à la crinière noire servait des cafés à ceux qui venaient de s'attabler. Henri allait le questionner, mais le jeune homme fut plus rapide que lui.

— Nouveau ? lui demanda-t-il en lui tendant un gobelet.

Puis, observant Henri, il lui dit :

— C'est fou, vous me faites penser à mon grand-père...

— C'est parce que je suis ton grand-père, p'tit con ! répondit le vieil homme du tac au tac.

— Pachou ? Qu'est-ce que tu fais là ?

— Ça serait plutôt à moi de te demander ce que tu fais ici !

D'un ton plus doux, il arriva au fait :

— Depuis quand tu vis ici, Gillou ?

— Ah ! Comme ça, c'est toi, le fameux Gillou ! s'esclaffa un homme édenté, assis sur la même banquette qu'Henri. Ça fait une couple d'heures que ton vieux nous rabâche les oreilles avec ça : « Connaissez-vous Gillou ? »

Puis il s'adressa à Henri.

— J'sais pas si c'est ton accent français, mais nous on connaît juste un Gilles, pis c'est lui.

— Votre Gilles, c'est mon Gillou ! répliqua le vieil homme, pas peu fier. Et moi, je suis son Pachou.

— Un Pachou ? C'est quoi, ça ? demanda une femme à la voix rocailleuse assise en face.

— Dans ma famille, c'est comme ça qu'on appelle nos parents, et parfois nos grands-parents, expliqua Gilles. Machou et Pachou.

— C'est bizarre comme noms. Jamais entendu parler, dit la femme.

— C'est moitié basque, moitié béarnais. Ce sont les régions de France d'où je viens, le Pays basque et le Béarn sont voisins, précisa Henri.

— Eh ben ! Voir la tête de ma mère si je l'appelais d'même... Sont drôles, ces Basquais et ces Bernais ! conclut la femme.

Ni Henri ni Gilles ne rectifièrent les appellations. Ils se contentèrent de sourire.

— Pis toi, le jeune, insista la femme, comment ça se fait que tu parles pas pareil que ton vieux ?

— Moi, je suis né ici, répondit Gilles.

Lorsque l'édenté comprit que la femme ne lâcherait pas le morceau, puisqu'elle s'apprêtait déjà à poser une autre question, il entoura ses épaules de son bras et l'entraîna plus loin.

— Viens, Nicole. On va les laisser tranquilles, proposa-t-il. Y en a qui ont des affaires à se dire.

Henri lui sourit, reconnaissant.

Gilles s'installa en face de son grand-père. Il prit le temps de se servir un café, y ajouta du sucre et du lait. Il touilla sa boisson avant de prendre une gorgée.

— Comment t'as su que j'étais ici ? demanda-t-il à Henri.

— Je t'ai vu au journal télévisé il y a quelques jours, mon grand. Il y avait un reportage sur ce nouveau campement. Au début, je n'ai pas compris ce que tu faisais là. J'ai pensé que tu étais juste venu aider des potes. Puis, quand je t'ai entendu dire au journaliste que c'était à cause de la pandémie... que tu t'étais retrouvé à la rue parce que tu avais à peu près tout perdu... Que t'avais dû déplacer ton abri, trois fois déjà... J'ai décidé de venir te chercher. L'hiver s'en vient, Gillou. T'es pas pour mourir gelé sous une tente. Ta mère ne me le pardonnerait jamais !

Gillou passa sa main dans sa crinière noire, embarrassé.

— J'aurais dû te donner des nouvelles plus tôt, je le sais. Mais tout est allé tellement vite... D'abord la job, ensuite l'appartement que je louais avec mon ami Nico...

Il s'inquiéta soudain.

— Les parents sont pas au courant, j'espère ?

Henri le rassura.

— Pour l'instant, ça se passe entre toi et moi. Mais je ne suis pas sûr qu'on va pouvoir cacher ça longtemps. Je t'amène avec moi, mon garçon. J'ai une p'tite maison, mais au moins, j'ai une chambre d'amis confortable, une douche pour toi tout seul, bien des livres et un réfrigérateur plein.

Et il ajouta avec un sourire en coin :

— Et un peu de travail, si le cœur t'en dit.

Gilles soupira. Ce programme ne lui disait rien qui vaille. Passe encore pour la chambre, la douche et le réfrigérateur bien garni. Mais les livres... Et surtout la campagne, les travaux de ferme... Il se demandait comment refuser l'offre de son grand-père sans le blesser.

— La campagne, pas sûr que c'est pour moi. J'ai toujours été un urbain heureux. C'est vraiment gentil, Pachou. Mais je suis correct comme ça. Je vais me débrouiller.

— Tu ne me feras pas croire que tu es heureux dans la rue ? Tu n'as plus rien. Plus de job, plus de maison. Plus d'auto…

— J'en ai jamais eu. J'en loue si j'en ai besoin, répliqua mollement Gilles. Je circule à vélo…

— Il est où, ton vélo ? demanda Henri.

Gilles soupira devant l'obstination du vieil homme.

— Je me le suis fait voler. Content, là ?

— Non ! Je ne suis pas content. Je sais que tu peux te débrouiller. À vingt-cinq ans, tu t'es montré responsable et déterminé jusqu'ici…

— Vingt-sept, Pachou.

— Quoi, vingt-sept ?

— J'ai eu vingt-sept ans en avril dernier.

— Vingt-sept ! Déjà ! Les années filent… Tu vois, j'ai raté deux de ces années-là. Faut plus que ça arrive. De nos jours, on ne peut plus se permettre ça. Surtout après ce qui vient de nous arriver et avec tout ce qui nous pend encore au bout du nez. Les choses ont changé, mon petit. Cette satanée pandémie a tué bien des gens, en a jeté autant à la rue, sans compter tous ceux devenus dépressifs et les couples qui se sont séparés…

Il s'informa du sort des copains de son petit-fils. Au dire de Gilles, certains s'en étaient sortis. Pas tous. Il y en avait deux qui avaient dû retourner vivre chez leurs parents. D'autres avaient changé d'orientation professionnelle.

— Tu vois ? Toi aussi, tu peux retourner dans ta famille. C'est pas parce que tes vieux sont retournés vivre en France que je ne vais pas tenter de te raisonner. Maintenant, plus que jamais, c'est moi ta famille, ici. Je peux prendre soin de toi.

Il hésita une seconde.

— Et toi de moi. J'ai de plus en plus souvent besoin de quelqu'un. Un peu d'aide, ça ne serait pas de trop.

Gilles l'affronta du regard.

— Depuis quand tu as besoin de quelqu'un, toi ?

— Depuis que je suis devenu vieux. T'as pas entendu aux nouvelles ? On n'a pas juste un âge vénérable, il paraît qu'on a un âge vulnérable. Je ne me sens pas vieux, mais je le suis devenu. À cause de la pandémie. Et j'ai surtout pas envie de finir mes jours dans leurs cages à poules où on meurt comme des mouches. Tu as vu ce qui est arrivé aux vieux des CHSLD ? J'ai besoin d'aide si je ne veux pas qu'on me place dans un de ces mouroirs. Parce que c'est ce qui risque de m'arriver si quelqu'un du CLSC s'en mêle. Un illuminé qui va décréter dans sa grande intelligence que je suis devenu un « serpuarien », comme vos gadgets électroniques qu'il faut recycler. Il va décider que je ne peux plus m'occuper de moi tout seul, que je suis invalide ou je ne sais quoi de semblable... Sait-on jamais ce qui peut germer dans la tête d'un fonctionnaire !

Henri regarda son Gillou dans les yeux et conclut, presque suppliant:

— Si ça arrive, y aura personne pour me protéger. Je préfère mourir que d'être placé. Et j'ai pas envie de voir un clown débarquer dans ma chambre avec ses ballons pour me remonter le moral. Pour ça, j'ai ma chienne.

Gilles prit la main de son grand-père. Ce dernier avait les yeux embués. Il s'essuya le nez du revers de sa manche.

— Tu pourrais être mon aidant surnaturel.

— On dit « aidant naturel », Pachou.

— Je sais, mais dans ton cas, ça serait un travail surnaturel... J'ai un méchant caractère, je bougonne plus souvent qu'à mon tour, je suis obstiné... Il m'arrive de péter...

Les larmes semblaient avoir disparu comme par magie et firent place à un grand éclat de rire.

Gilles eut un doute. Et si son grand-père lui faisait du chantage émotif? Et si tout ce beau discours était truffé de mensonges pieux? Il connaissait suffisamment son grand-père pour savoir qu'il avait plus d'un tour dans son sac. Malgré cela, il ne put s'empêcher de sourire devant la bonhomie de son Pachou. Ses yeux verts piqués d'étoiles dorées brillaient. Gilles savait pertinemment que ce vieil homme, pas vieux du tout au demeurant, ne lâcherait pas le morceau et qu'il irait au bout de sa démarche.

2

Henri redoubla d'énergie pour aider Gilles à plier bagage. Le déménagement se fit en un temps record. Ils déposèrent tout le barda dans le coffre de la voiture. Henri se fit la réflexion que la nouvelle vie de son petit-fils tenait à peu de chose. Un gros sac à dos rempli de vêtements, deux paires de chaussures, des casseroles, des assiettes et des couverts, des couvertures et un oreiller, ainsi que quelques cartons contenant, en apparence, des dossiers. L'ordinateur et la tablette qui se trouvaient sur les boîtes, ainsi que le câblage qui les accompagnait, avaient été glissés délicatement dans un étui en tissu. Le vieil homme était impatient de connaître les circonstances de la récente traversée du désert de son petit-fils. Qu'avait-il pu se passer pour que ce jeune homme brillant se retrouve à la rue, en si peu de temps, après avoir perdu son travail et son appartement ? Il savait que la pandémie avait fait des ravages économiques. Mais à ce point ?

Tandis que Gilles faisait ses adieux à ses nouveaux amis, Henri s'attaqua au démontage de la tente. La complexité de l'entreprise le fit pester. Il se prit les pieds dans un cordage, faillit s'écraser de tout son long, se retint heureusement à un tronc d'arbre et soupira longuement avant de se remettre à la tâche, avec un peu plus de patience.

L'édenté trouvait que Gilles avait de la chance que son vieux soit venu le tirer de là, même si celui-ci n'était pas certain qu'emménager avec son grand-père fût une bonne idée.

— Maudit *mardeux* ! Penses-tu que ma famille viendrait me chercher ? Ç'a l'air que c'est d'ma faute, toute ce qui m'arrive.

Un autre ajouta que, pour sa part, il n'avait plus d'amis, ni de famille pour le secourir. L'édenté lui répéta en d'autres mots ce que son grand-père lui avait dit une heure plus tôt.

— Tu passeras pas l'hiver au frette, pis tu seras pas obligé de te retrouver dans une mission pour sans-abri quand il va faire moins mille ! Tu vas manger à ta faim. C'est déjà ça.

— Oui… c'est vrai. Mais c'est pas comme ça que j'entrevoyais la suite, laissa tomber mollement Gilles, même s'il n'avait aucune idée précise de sa vie future.

— Tu viens, fiston ? lui lança Henri. Je suis désolé, mais il va bientôt faire nuit et on n'est pas rendus…

— C'est où, où vous allez ? demanda une femme.

— Un village perdu dans le fin fond des Cantons-de-l'Est, répondit Gilles.

Henri ajouta que le lieu s'appelait Des Marais, même s'il n'y en avait pas.

— De quoi, y a pas?

— Des marais. Y en a déjà peut-être eu, mais y en a plus.

— Bon ben, bye, le béret breton, conclut-elle, contente de clouer le bec à ce Français de France.

— Basque. C'est un béret basque, précisa Henri tout en replaçant son couvre-chef.

Gilles quitta ses compagnons d'infortune après quelques accolades. Juste avant de refermer le coffre arrière de la voiture, il saisit la tente et tout l'attirail de cuisine et les déposa aux pieds de l'édenté.

— Si c'est pas pour toi, mon Ben, tu les refileras à quelqu'un qui en a plus besoin que moi. Je vais essayer de te donner des nouvelles.

Gilles soupira, sachant bien que cette promesse serait difficile à tenir puisque son copain ne possédait aucun moyen de communication. Sans se retourner, il se rendit près de la voiture, côté passager. Il remarqua que la rouille avait commencé à envahir la carrosserie et que la peinture avait connu des jours meilleurs. Au moment où il s'apprêtait à ouvrir la portière, Henri lui lança les clés.

— T'as toujours ton permis de conduire, même si tu roules à bicyclette?

Sans attendre la réponse, il lui demanda s'il voulait conduire. Pris au dépourvu, Gilles accepta. Les deux hommes firent le tour de la voiture pour prendre leur place respective. Henri mit la main sur l'épaule de son petit-fils.

— Je suis content que tu aies accepté ma proposition, fiston. Tu vas voir, on va se faire une belle vie.

— Merci, Pachou. Moi aussi, je suis content, rétorqua Gilles, encore peu convaincu du bien-fondé de sa décision.

Après s'être assis derrière le volant et avoir fait démarrer le véhicule, Gilles se mit à fouiller dans le coffre à gants. Ne trouvant pas ce qu'il cherchait, il regarda derrière le pare-soleil, ainsi que dans un petit réceptacle devant le bras de vitesse.

— Tu cherches quoi, fiston? demanda le vieil homme.

— Les papiers de la voiture. Avec le bruit que fait le silencieux, j'aimerais mieux les avoir à portée de main, si jamais on se fait arrêter.

Devant le silence de son grand-père, Gilles insista.

— Pachou, ils sont où, les enregistrements?

— Euh... Je sais pas. S'ils sont pas là, ils doivent être à la maison, laissa échapper Henri.

— Comment ça? s'énerva Gilles. Qu'est-ce que je devrais savoir que je sais pas?

— Rien, rien, poursuivit Henri. Allez, conduis si on veut arriver un jour.

Voulant connaître le fin mot de l'histoire, Gilles tourna plutôt la clé pour éteindre le moteur et se tourna vers son grand-père.

— Je ne partirai pas sans savoir.

Henri soupira longuement. Puis il finit par avouer:

— Je n'ai plus de permis ! T'es content, là ? Ils me l'ont refusé au dernier examen, ils ont dit que j'étais un danger public.

Voulant faire diversion, il se mit à blaguer.

— Il paraît que je conduis comme un Anglais : à gauche !

Il rit de sa blague. Gilles, pas du tout. Il était effaré.

— Et tu conduis quand même ?

— Faut bien que je me déplace pour la pharmacie et les courses…

Il ajouta tout doucement pour faire passer la pilule :

— … et pour venir sauver mon unique petit-fils.

Gilles frappa le volant de ses deux mains.

— Mais… t'es inconscient ou quoi ? Tu pourrais te retrouver en prison, si tu te fais arrêter !

— Ça ne risque plus d'arriver, mon Gillou. Tu es avec moi, maintenant ! déclara-t-il avec un grand sourire.

DEUXIÈME PARTIE

AUTOMNE-HIVER

3

Henri avait le haut du corps penché vers l'extérieur. Il avait ouvert toute grande la fenêtre, malgré le vent qui soufflait fortement entre les arbres. Il scrutait minutieusement le ciel, les yeux plissés.

— Ça va péter ! Je ne sais pas où, au juste, mais ça va péter.

Gilles assistait, une fois de plus, à une séance météo. Son vieux ne pouvait s'en empêcher. Quand il ne tapotait pas l'écran de la petite station météo installée dans la cuisine pour vérifier son bon fonctionnement, il mettait le nez dehors pour évaluer la situation de visu. En assénant quelques petits coups sur l'écran de son thermomètre électronique, c'était comme s'il tentait de faire monter ou descendre les chiffres indiqués. Ce qui n'arrivait jamais, il va sans dire. Mais il s'obstinait.

Le vieil homme tentait de deviner ce que la journée leur réservait en faisant marcher ses yeux sur l'étendue du ciel et en écartant les narines pour humer l'air. Il n'écoutait pas la météo ; il préférait, de beaucoup, se fier à son instinct de vieux loup. Il se trompait rarement. S'il annonçait que ça allait « péter », c'est qu'un terrible orage tonnerait sous peu dans les alentours. Et Gilles avait appris à faire confiance aux compétences de son aïeul, qui en connaissait un brin sur le sujet. Gilles avait souvent entendu ses parents parler de l'enfance particulière de son grand-père au Pays basque.

Henri avait été confronté à la nature dès son plus jeune âge. À douze ans, lorsque arrivaient l'été et les vacances scolaires, il emmenait le troupeau de moutons de son père paître dans les prés, non loin de La Pierre Saint-Martin. Il avait appris le métier à la dure. Un abri de fortune ne le protégeait que des averses. Comme il n'y avait pas d'eau courante, il la puisait et se lavait dans la rivière glacée. Il y avait bien de la paille en quantité et quelques couvertures pour pallier le froid des nuits en montagne, mais s'ajoutait, jumelée à cet inconfort, la peur des bêtes féroces qui en voulaient au troupeau. Il fallait être sur ses gardes en permanence. Il lui fallait tout apprendre. Comment se nourrir de ce que l'on pêchait et chassait, allumer un feu et ne pas le laisser s'éteindre malgré le vent ou la pluie, soigner les bêtes, les sortir des crevasses où elles tombaient prisonnières, victimes de leur appétence. Il fallait être fait fort pour passer à travers cet apprentissage. Le jeune adolescent qu'Henri était alors connaissait bien ses animaux, leurs caprices, leurs besoins et savait leur apporter le bien-être dont lui ne pouvait jouir.

Et puis, il y avait la solitude. Totale. Et le silence immense. Il n'y avait que le son des clochettes au cou des moutons et les aboiements des *labrits,* ces chiens de berger des Pyrénées qu'on appelait également *pastours,* pour venir briser la monotonie des longues journées. Dans les montagnes, et surtout durant la transhumance, on croisait rarement un autre berger. Henri avait fait du silence et de son opinel – outil indispensable à la survie – ses précieux amis.

Il était passé maître dans la confection des sandales basques, cousues à la main. Cette méditation lui était salutaire pour ne pas perdre la tête. Il était aussi habile que toutes les femmes de son village qui s'adonnaient à cette tâche. À quatorze ans, il savait mieux que quiconque lire dans le ciel pour y déceler les imprévus, il connaissait les étoiles par leur nom, et les cycles de la lune n'avaient pas de secret pour lui. Il savait mener ses moutons dans les prés les plus fournis, il savait les protéger des dangers. Et ses bêtes le suivaient presque aveuglément. Au retour de ses séjours en montagne, il avait l'œil clair, la taille fine et la peau dorée.

Ces longs mois d'ermitage en avaient fait quelqu'un de silencieux, un « taiseux », ce qui le rendait particulièrement énigmatique. Son père était content de lui. Et les jeunes filles trouvaient chez ce jeune homme à la chevelure joliment bouclée et au sourire ravageur, singulièrement déluré et si différent des autres garçons du village, un berger auquel il faisait bon rêver. D'ailleurs, Marie, la grand-mère de Gilles, avait elle aussi succombé à ses charmes. Voyant que toutes les filles du coin et même les jeunes touristes se pâmaient sur Henri, elle avait décidé qu'il serait uniquement à elle. Et elle avait réussi.

Toujours grâce à ses parents, Gilles avait appris qu'Henri avait par la suite exercé d'autres métiers. Il avait travaillé le bois pour en faire des meubles, pratiqué le métier de maréchal-ferrant comme son père, soudé des pièces d'avion en usine... mais c'est comme ferronnier qu'il avait particulièrement brillé. Il n'était pas rare de voir ses animaux enjoliver les portails en fer forgé délicatement ouvragés des grandes propriétés de la région où il avait grandi, portant ainsi sa signature.

« Celui qui sait se confronter à la nature et s'en faire un allié se débrouillera toujours », avait coutume de dire Henri. Et il le prouvait encore aujourd'hui. Il était resté un *patxi*, un homme libre.

L'arrivée de Gilles chez son grand-père n'avait pas été de tout repos. Citadin dans l'âme, Gilles n'arrivait pas à s'habituer au silence permanent des alentours, ni à la charge de travail qu'exigeait l'élevage des bêtes. Il n'en voulait d'ailleurs pas de cette vie à la ferme, de ces corvées qui revenaient tous les jours à l'identique. Ce n'était pas parce qu'il logeait chez le vieil homme qui était venu le tirer d'un mauvais pas que cela s'éterniserait.

« Cette situation est temporaire », se plaisait-il à répéter à ses amis restés dans la métropole. Habitué qu'il était d'avoir le nez en permanence sur son ordinateur ou son téléphone, le grand air ne lui disait rien. Ni le fumier, ni les bêtes, ni le foin. Mais étant dans une situation précaire, n'ayant ni travail, ni endroit où loger, pour l'instant aucun autre choix ne s'offrait à lui.

La maison était jolie. Elle était située sur un rang en terre battue, joliment nommé le rang des Vieux-Garçons – non pas pour désigner d'éternels célibataires, mais bien les nombreux petits fruits, framboises, groseilles, mûres, cerises de terre et raisins, qu'on trouvait en abondance dans les buissons de chaque côté de la route et dont on faisait des confitures délicieuses ou qu'on laissait macérer longtemps dans l'alcool avant de les consommer, comme en France. La demeure d'Henri était entourée d'immenses chênes, bordée de grands prés où serpentait un ruisseau. La maison de ferme manquait de peinture blanche ici et là. Elle avait besoin d'un peu d'amour. À l'étage, un balcon de guingois aurait mérité quelques réparations. Les bâtiments tout au fond du terrain, en planches vieillies par le temps, avaient meilleure allure. Peut-être parce que le vieil homme y passait tout son temps ?

À l'intérieur, la maison était bien tenue, modeste, certes, mais accueillante. On y trouvait une cuisine équipée de l'essentiel, avec sa longue table réfectoire et ses armoires jusqu'au plafond qui nécessitaient parfois un escabeau pour en atteindre les tablettes les plus haut placées. Le salon offrait tout le confort et le divertissement souhaités avec ses gros fauteuils où il faisait bon paresser, un téléviseur de taille moyenne et une immense cheminée, sans oublier les livres et revues de toutes sortes qui traînaient à portée de main.

La chambre d'Henri débordait de livres. Il y en avait plein les étagères, sur les tables de chevet, empilés par terre, sur les rebords des fenêtres, dans la salle de bain adjacente. Le vieil homme s'était découvert une passion pour les livres au contact de sa femme Marie, formidable consommatrice de littérature. À sa mort, Henri n'avait pu se départir de sa collection d'œuvres qu'il avait enrichie de ses propres découvertes.

La chambre qu'avait allouée Henri à son petit-fils était de bonnes dimensions. Le grand lit était couvert de courtepointes toutes plus lourdes les unes que les autres et semblables à celles qui se trouvaient sur la couche d'Henri. Gilles se rappelait ces édredons très pesants qu'il avait connus dans l'enfance lorsqu'il allait, avec son père et sa mère, visiter ses grands-parents à Arette, au Pays basque. Des couvertures qui, par leur poids, vous enfonçaient dans le matelas et dans le sommeil, vous enlevant toute vitalité et toute velléité de vous extirper du lit, sinon au prix d'énormes efforts.

Pourtant Henri y arrivait, lui. Dès l'aube, après avoir ingurgité, non sans frissonner, son habituel verre de vinaigre de cidre et de miel – pour en atténuer l'aigreur –, qui lui assurait une énergie d'enfer et l'empêchait d'attraper « toutes les cochonneries de microbes », il poursuivait avec un café et un porridge. Vêtu de sa salopette, son éternel béret bien enfoncé sur la tête en toute saison, il était ensuite prêt pour les corvées quotidiennes, talonné par sa chienne Guapa. Il fallait nettoyer l'habitat des poules et des chèvres, nourrir tout ce beau monde, ramasser les œufs, traire les chèvres, réparer les abris, les clôtures, les barrières.

Pendant ce temps, Gilles dormait. Il avait dormi presque deux mois d'affilée. Un peu par déprime, beaucoup à cause de la chape de plomb qui parait son lit. Et aussi à cause des deux bébés chattes, Prune et Praline – cadeau de Lisa, la voisine d'Henri, reçu un jour de pluie, qui s'était rapidement transformé en jour de joie. Les deux petites bêtes, à peine âgées de quelques mois, élisaient domicile sur le corps de Gilles chaque fois qu'il s'allongeait. Prune, au pelage gris, dormait entortillée sur ses pieds tandis que Praline, blanche tachetée de gris et de roux, sa jumelle, s'installait sur sa hanche. Lorsque le dormeur éprouvait le besoin de changer de position dans le lit, les deux attendaient qu'il soit installé pour se hisser à nouveau en haut du « mont Gillou ».

Henri observait leur manège avec un sourire amusé. Veillaient-elles avec amour sur son Gillou, qui semblait s'enfoncer et se perdre dans une nuit de brumes permanentes, ou empêchaient-elles le dormeur de se mettre sur pied, de se tenir debout pour affronter la vie? Le vieil homme n'avait pas de réponse. Il se disait que son petit-fils avait peut-être besoin de tout ce sommeil pour calmer ses peurs, ses angoisses. Alors il le laissait déserter, le sachant sous bonne garde. Tout comme les petites chattes, lui aussi veillait.

Il ne disait mot. Il observait de loin ce garçon qu'il avait repêché, il le nourrissait, lui faisait couler des bains, s'occupait de ses vêtements, ne lui demandait rien en échange. De temps en temps, il lui proposait un livre. Les suggestions allaient des *Trois Mousquetaires* aux aventures d'Arsène Lupin, en passant par *Bonheur d'occasion, Le Comte de Monte-Cristo, Le Survenant* ou encore *La Vie devant soi.* La pile d'ouvrages suggérés par Henri montait à vue d'œil près du lit de son protégé sans que Gilles y jette le moindre regard. Tout ce qui trouvait grâce à ses yeux était son ordinateur portable ou son cellulaire.

À ce sujet, une dispute avait failli éclater entre les deux hommes. Gilles se désespérait de la lenteur d'Internet chez son grand-père.

— Comment veux-tu que je me trouve une job si je peux pas communiquer par Internet? s'était écrié Gilles.

— Le téléphone fonctionne super bien, mon garçon.

Gilles s'était impatienté, alléguant que, de nos jours, les demandes d'emploi se faisaient autrement.

— Tout, absolument tout se fait par Internet, Pachou. Tu aurais intérêt à atterrir au XXIe siècle !

Henri avait tenu son bout quelque temps mais avait finalement cédé aux demandes de Gilles, qui pestait à tout bout de champ. L'installateur était venu augmenter la force du routeur et le sujet avait été clos.

Gilles alternait donc entre de longues séances sur son portable et ses heures de sommeil au creux du lit.

4

Un matin, Henri entra dans la chambre et secoua les puces de Gilles.

— Bon ! Ça suffit ! claironna-t-il à son petit-fils. Tu ne peux pas passer ton temps couché. Une vie, ça se vit debout.

Les chattes déguerpirent aussitôt, comprenant peut-être que leur vigile si attentionnée s'arrêtait ici. Gilles grogna pour la peine, mais obtempéra finalement. Il se leva. Quand on vit emmailloté telle une momie dans son sarcophage, ça prend un certain temps avant d'émerger. Il se rendit à la salle de bain pour se rafraîchir le visage et les idées. Dans la glace, il croisa ses yeux morts, vit son teint inanimé, ses cheveux en bataille, ainsi que les rides de sommeil profondément tatouées sur son visage qui lui donnaient des allures de vieux ; il en conclut qu'effectivement il était temps de tourner la page, il n'en pouvait plus de cette vie à l'horizontale.

Il prit le petit déjeuner avec son grand-père, et ce dernier lui fit une proposition :

— Ce matin, tu vas m'aider. Il faut que je répare ce foutu grille-pain.

Il en était à sa troisième tentative. Gilles admirait la patience de son vieux, sa dextérité incroyable, mais surtout son obstination. « Têtu comme un Basque », disait souvent sa mère à propos de son père à elle.

Gilles avait beau répéter au Basque têtu qu'on pouvait trouver, dans n'importe quel magasin ou même dans un bazar, un grille-pain pour moins de quinze dollars, il n'y avait rien à faire. Le vieil homme s'était mis en tête de réparer coûte que coûte l'engin de malheur. Avec l'aide de son Gillou, qui tenait « la bête électrique », il avait déjà refait le câblage et soudé quelques pièces défectueuses ici et là.

— Je ne peux pas croire qu'on doive se débarrasser des appareils qu'on achète dès qu'ils sont défectueux, pour aussitôt en acheter d'autres qu'on va immédiatement jeter au premier ennui mécanique. Je suis convaincu que tout doit pouvoir être réparé.

Gilles ne répondit rien à cette tirade. Au fond, il trouvait qu'Henri avait raison, mais il ne comprenait pas cet entêtement à vouloir remettre les choses en place avec de la persévérance, du travail et surtout un certain acharnement. À la différence de son grand-père, il avait été élevé dans la surconsommation. C'était si simple : on achetait, on jetait et on achetait à nouveau pour remplacer l'objet.

Ce jour-là, donc, après avoir tenté une réparation, ils observèrent le grille-pain dans l'espoir d'un petit miracle. Mais la magie n'opéra pas plus que les fois précédentes.

Gilles se rappelait que la tranche avait bondi jusqu'au plafond et que le pain avait cramé en un temps record, emboucanant la cuisine. Cette fois, ils eurent droit à quelque chose de moins explosif. Les deux tranches qu'ils avaient introduites dans le grille-pain en ressortirent froides, sans aucun changement de coloration.

— Bon. Le mécanisme marche, mais la tranche n'est pas tellement basanée. Ça manque de soleil, tout ça, laissa tomber Henri.

Il jura, une fois de plus, qu'il n'avait pas dit son dernier mot. Gilles se contenta de rigoler. Il proposa de faire rôtir le pain sur le poêle à bois allumé en permanence et de savourer son petit goût boisé, si particulier, qu'il commençait à apprécier.

Tous les soirs, après être passé sous la douche pour faire disparaître la fatigue et les odeurs animales dont étaient imprégnés ses vêtements et sa peau, Henri se mettait au fourneau. Ses spécialités, presque toutes d'origine basque, étaient nombreuses, et on y retrouvait immanquablement du piment d'Espelette comme assaisonnement. Le poivre ne faisait pas partie des épices qu'on pouvait dénicher sur les étagères.

Il préparait la *garbure,* cette soupe à base de jarret de porc appelé *guarou* et d'os de jambon dans laquelle mijotaient doucement des pommes de terre, du chou et du navet, ou encore le *coustou,* ces côtes de porc braisées lentement au four ou sur le barbecue, qu'il ne servait qu'avec du sel et du piment d'Espelette, sans la sauce sucrée dont on avait l'habitude de napper la viande de ce côté-ci de l'Atlantique. Et que dire de son poulet enseveli sous des tonnes d'ail confit et arrosé plus de vingt fois durant sa cuisson pour atteindre une tendreté inégalée ! Pur délice qu'il servait avec de grosses frites cuites dans la graisse de canard. Tous ces mets faisaient le bonheur de Gilles, qui en redemandait. Il était particulièrement friand de la recette d'« œufs roses » qu'Henri cuisait, une fois de plus, dans la graisse de canard, et dont les jaunes devenaient roses à force d'être arrosés de la graisse fondue et assaisonnés au piment d'Espelette. Dès l'enfance, il avait eu droit à ce plat tout simple mais savoureux.

Pour sa part, comme il l'avait expliqué à son grand-père, il n'était absolument pas passé maître en cuisine.

— Je sais à peu près faire cuire les œufs, les pâtes, et encore ! Et je peux te préparer une salade. Mon café au lait est pas pire non plus. Voilà les maigres réalisations du chef !

Il s'excusait de n'avoir jamais appris à cuisiner. Sa mère n'avait pas réussi à s'approcher de la cuisine puisque Henri avait toujours préféré que sa fille se consacre à ses études au lieu d'enfiler le tablier.

— Maman ne m'a donc rien appris. Après, j'ai eu la chance de partager un appartement avec mon grand ami Nicolas, un chef hors pair. Mais je sais mettre le couvert, ajoutait-il pour sa défense.

Au début, Gilles venait toujours à table accompagné de son cellulaire. Il ne pouvait s'empêcher d'y jeter un coup d'œil entre deux bouchées, ou bien il continuait à jouer à un jeu de boules de couleur qu'il fallait éliminer ou encore de blocs de bois à faire pénétrer dans une case, quand ce n'était pas de jujubes à faire éclater. Henri soupirait d'impatience devant cet intrus virtuel qui prenait beaucoup de place entre eux. Il sentait que le jeune homme se perdait sur le Web où, comme il avait coutume de dire, l'on trouvait de tout. Mais Henri était convaincu que si son Gillou trouvait du divertissement à la tonne et des amis de toutes les origines dans cet espace virtuel, il n'y trouvait aucunement la sérénité, ni l'équilibre, ni la paix.

Il s'était donc promis d'attirer son attention, aux repas, par des résumés de ses dernières lectures, des anecdotes sur les poules, les chèvres et les voisins, mais surtout des souvenirs d'enfance et d'adolescence. Le vieil homme était conscient qu'il aurait fort à faire pour rivaliser d'intérêt avec ce qu'on trouvait sur Internet.

Ce soir-là, il lui raconta l'origine de ses talents de cuisinier. Lors de son séjour en Avignon pour son service militaire, il avait fait ses classes dans les cuisines de l'armée. Il s'y était découvert une certaine habilité et, une fois marié, c'était lui, le cuisinier désigné. Sa femme, Marie, infirmière puis directrice de cliniques en France, avait d'autres chats à fouetter et elle lui laissait volontiers les corvées des courses et de la préparation des repas. Chacun y trouvait son compte et son bonheur.

Ils venaient de terminer leur potage et s'apprêtaient à faire le chabrot. Gilles adorait cette coutume qui voulait que l'on garde un peu de bouillon dans le bol, qu'on y verse la moitié de son verre de vin rouge et qu'on boive ce mélange.

Par contre, force était de constater que, depuis quelque temps, le roi de la casserole n'y allait pas de main morte avec le sel, la graisse de canard et l'huile de cuisson. Gilles avait connu des débuts plus délicieux. Il n'osait protester, de crainte de vexer son grand-père qui semblait perdre quelques notions culinaires. Et il commençait à croire que ce serait bientôt à son tour de prendre la relève s'ils ne voulaient pas souffrir d'embonpoint et de crises de foie carabinées.

Constatant que son petit-fils s'était aussitôt replongé dans une lecture en ligne captivante, le vieil homme échangea subrepticement l'assiette à dessert placée devant lui, dans laquelle était servie une part de riz au lait, par le beurrier. Toujours absorbé par son téléphone, Gilles plongea avec vigueur sa cuillère dans ce qu'il croyait être son dessert et porta à sa bouche un morceau de beurre, qu'il recracha aussi vite.

— Eurk ! Quessé ça ? T'es malade ?

Aussitôt prononcées, ces dernières paroles lui restèrent en travers de la gorge. Il s'en voulut d'avoir insulté son grand-père. Henri, pour sa part, pouffa de rire, content de sa blague, et ne releva pas le sarcasme de son petit-fils.

— Bon ! Enfin ! J'ai ton attention. Est-ce qu'on pourrait échanger, maintenant, toi et moi ? lui demanda-t-il. Est-ce qu'on pourrait être un peu ensemble ?

Et il ajouta, avec un sourire en coin et les bras ouverts à la manière du Christ en croix :

— Comment il disait ça, l'autre, déjà ? « Il reste peu de temps. Dans peu de temps, vous ne me verrez plus. »

Gilles ravala en silence et reprit son assiette de riz au lait pour effacer le goût de gras dans sa bouche. Son grand-père avait raison. Il devait profiter de sa présence avant qu'il soit trop tard. Jusque-là, il l'avait vraiment négligé.

— Parle-moi de toi, lui suggéra Henri. Tu m'as écouté raconter des tonnes d'anecdotes de mon passé, tu en sais pas mal sur ma vie, mais moi je ne sais rien de la tienne.

Ce n'était pas la première fois qu'il abordait le sujet. Gilles évitait systématiquement de se confier.

— À quoi bon ? répéta-t-il à son grand-père. Ma génération, on a perdu deux, trois années de notre vie. Tout est à recommencer.

— Parfois, c'est bien de recommencer, rétorqua Henri. C'est mieux que de terminer quelque chose… Non ?

— Mais comment ? Durant cette pandémie, on a été tolérants, résilients, patients. On a enduré, on a suivi les consignes, on a porté le masque, on a eu de la brume dans nos lunettes, on s'est lavé les mains jusqu'à ne plus avoir d'empreintes digitales, on est restés confinés, on n'a plus fréquenté les bars ni les restaurants, on s'est fait livrer pharmacie, repas et épicerie ; on a évité le monde, on s'est fréquentés par Zoom, par FaceTime, on a respecté le couvre-feu, on ne s'est pas déplacés, on a aidé les gens autour de nous, on s'est fait vacciner et on s'est réinventés !

Gilles reprit son souffle et vida d'un trait le contenu du verre de liqueur que lui avait servi son grand-père.

— Mais on n'a rien devant nous, maintenant.

Henri l'écoutait avec attention.

— Est-ce que tu réalises, Pachou, que j'ai tout perdu ? Tout. Je n'ai plus de job, plus d'appartement, j'ai dû vendre à peu près tout ce que j'avais pour pouvoir manger. J'ai entreposé mes meubles et mes affaires dans le garage des parents de Nicolas. J'ai plus rien. Rien.

— Tu m'as, moi, dit Henri en hochant la tête.

— Je sais, oui, mais… tu comprends pas, je pense. Avec mes amis, on partageait un super appartement dans le quartier où on avait toujours voulu habiter. À cause de cette maudite pandémie, on a dû l'abandonner. François travaillait comme serveur dans un établissement super branché et Nicolas était sur le point de devenir propriétaire d'un restaurant. On a mordu la poussière tous les trois. On n'a pas encore trente ans et notre vie est foutue ! Mes amis sont retournés vivre chez leurs parents. À leur âge ! Et moi chez mon grand-père ! Tu trouves ça normal ? Moi, ici, je sers à rien. J'aurais peut-être dû rester au campement où tu m'as trouvé. J'aurais été plus utile.

Henri continuait de suivre avec le plus grand respect cette logorrhée qui s'échappait enfin de son petit-fils. Le long soliloque se poursuivit tard dans la nuit.

— Comment j'aurais fait, tout seul, pour payer le loyer ? J'avais plus de job, moi non plus. J'ai fait des études pour travailler dans le voyage, j'avais un emploi extraordinaire dans une agence. J'étais heureux. Et je rendais les gens heureux. Je ne vendais pas des tout-inclus ou des croisières pour bronzer idiots. Je sautais dans des avions, j'accompagnais les voyageurs dans des contrées perdues, je servais de guide, je les aidais à découvrir un pays, une région inconnue. J'apprenais des expressions étrangères. J'étais une sorte d'explorateur. Là, il n'y a plus personne qui s'envole vers ailleurs. On est tous cloués au sol. Plus personne ne décolle vraiment. Et j'ai besoin de ça, moi, décoller, Pachou !

Je pourrais toujours consommer de la dope pour planer, mais c'est pas mon truc. Moi, j'ai besoin de m'envoler ailleurs. De découvrir. Personne n'a plus besoin de moi pour ça maintenant.

Gilles se leva brusquement de table, les yeux pleins d'eau, et se dirigea vers sa chambre.

Henri avait attendu que la tirade de son petit-fils s'éteigne avant d'intervenir. Le vieil homme avait eu envie de lui rétorquer que, le plus difficile, c'était peut-être qu'il n'avait personne à accuser. Il n'y avait pas de véritable coupable. Une pandémie, ça n'a pas de visage. On ne peut pas l'insulter, la menacer, la punir. C'est une calamité, comme les accidents, les injustices et les guerres. Ça arrive. On n'y peut rien. On subit et un jour on essaie de passer à autre chose. Mais il n'avait pas voulu servir cette sagesse à son petit-fils. Pas ce soir, pas tout de suite. À quoi bon ces paroles qui font croire que « ça va bien aller » alors que plus rien ne va dans notre tête et notre cœur ? Il s'était abstenu de répliquer à l'immense chagrin de son Gillou.

Le vieil homme se mit debout avec difficulté ; ses genoux le faisaient de plus en plus souffrir. Il se déplaça avec peine vers la chambre de Gilles. Il toqua quelques coups et entrouvrit la porte en appelant avec douceur.

— Gillou ? Gillou, ça va ?

Il trouva son petit-fils entortillé dans les couvertures. De grands sanglots résonnaient en lui.

Il s'approcha doucement du lit et s'assit tout près de ce jeune homme auquel il s'attachait de plus en plus. Et quand Gilles leva les yeux vers son grand-père, ce dernier tapota avec sa main le creux de son épaule, lui faisant signe qu'il pouvait y déposer sa tête. Gilles se précipita vers lui, tel un enfant qui a besoin d'être consolé. Ses pleurs redoublèrent.

Henri berça tendrement ce petit garçon perdu. Lorsque les larmes furent taries, il lui parla tout doucement.

— Tu n'as pas tout perdu, fiston. Tu as encore tes mains et tes pieds. Et il n'y a pas que du vent dans ta tête. Ton cœur bat toujours. Et moi, je suis là.

TROISIÈME PARTIE

PRINTEMPS

5

Ce matin-là, Gilles était en train de siroter son troisième café. Le cerveau encore brumeux, où se trouvaient pêle-mêle des parcelles de rêves flottant à la surface et disparaissant l'instant d'après, il regardait par la fenêtre sans vraiment y observer quelque chose. La journée s'annonçait chaude et prometteuse. Les bourgeons éclataient çà et là. Quelques feuilles dépliaient leurs nouvelles robes d'un vert tendre, presque timide. Soudain, Henri apparut devant les yeux de Gilles. Légèrement penché d'abord, son panier à la main. Puis, après avoir vacillé d'avant en arrière, il s'écroula au sol. D'un coup. Sur les genoux, puis en plein visage. Les œufs roulèrent sur la terre battue.

— Henriquet !

Gilles faillit renverser sa tasse de café en la déposant brusquement sur le comptoir et se précipita à l'extérieur. Il courut vers le vieil homme.

— Pachou ? Pachou, ça va ?

Ce dernier reprenait tranquillement ses esprits. Il réussit à s'asseoir, malgré les efforts de son petit-fils pour l'empêcher de bouger.

— Reste allongé, Pachou. Ne bouge pas. Tu t'es peut-être cassé quelque chose.

Son grand-père se débattait.

— Ça va, fiston, ça va. J'ai juste glissé.

Gilles se mit à observer minutieusement son vieux. Il avait un début d'hématome sur le front, une belle écorchure qui saignait au coude, de la terre plein les mains, mais apparemment rien de grave.

— Je vais bien, je vais bien. Les œufs ont plus souffert que moi.

Effectivement, une bonne partie de la récolte du matin s'était éparpillée autour de lui. La coquille de quelques-uns des œufs avait éclaté au sol, répandant le jaune. Ceux qui restaient dans le panier n'étaient guère mieux.

Henri le ramassa et y jeta un œil tout en faisant des efforts pour se relever.

— On dirait bien que l'omelette est déjà battue !

Gilles l'aida à se remettre sur pied. Il le sentait secoué et fragile. Il lui enleva le panier des mains et le guida vers la maison. Henri tentait de justifier sa chute.

— Je ne peux pas croire que j'ai encore glissé. Sur quoi, cette fois-ci ? Je me le demande.

Gilles remarqua qu'il était pourtant chaussé de ses bottes, qui adhéraient bien au sol. Et aucune branche ni roche ne semblait l'avoir fait trébucher.

Ce n'était pas la première fois que ça arrivait. Seulement, cette fois-ci, Gilles en avait été témoin. À l'occasion des autres chutes, Henri avait pesté après coup contre des herbes mouillées sur lesquelles il avait glissé, contre une racine en surface dans laquelle il s'était pris le pied et qui l'avait fait trébucher, ou encore contre un outil oublié au sol dans lequel il s'était enfargé. Cette fois-ci, il n'y avait rien au sol qui ait pu lui faire perdre pied. Il avait eu un malaise. Un vrai. Et ça inquiétait drôlement Gilles.

Lorsqu'ils entrèrent dans la cuisine, le petit-fils obligea le grand-père à s'asseoir. Il alla dans la salle de bain chercher une serviette mouillée. Il y ouvrit toutes les armoires à la recherche de pansements, d'onguent, de désinfectant. Il jeta sens dessus dessous tout ce qu'il touchait, jusqu'à ce qu'il trouve ce qu'il cherchait. Les bras chargés de sa pharmacie improvisée, il revint dans la cuisine. Henri tenait sa tête dans une main, un coude en appui sur la table. Gilles regarda de plus près la bosse qui se profilait sur son front. Il ouvrit le tube d'Arnica, en étala un peu sur la peau, ajouta un pansement sur la plaie puis intima à Henri d'appuyer doucement la serviette mouillée sur son front. Trop assommé pour résister, son grand-père s'exécuta sans mot dire.

Gilles nettoya et désinfecta sa plaie sur le coude, qui n'était pas trop profonde. Il s'employa à y apposer de petits pansements de rapprochement pour que la coupure cicatrise rapidement. Puis il se mit à genoux devant Henri. Il lui retira ses longues bottes et les remplaça par ses espadrilles rayées marines et blanches, qu'Henri portait à l'intérieur « en abarcail », permettant ainsi au talon d'être libre, puisque le tissu le retenant était replié sur la semelle, et releva chaque jambe de sa salopette sur les cuisses pour constater les dégâts. Le jeune homme eut les larmes aux yeux en découvrant deux jambes maigrelettes. Gilles mit ses mains sur les genoux meurtris et décharnés.

Henri sursauta sous l'effet de la pression.

— Ça te fait mal ? demanda Gilles.

— Pas plus que d'habitude. J'ai tout le temps mal aux genoux.

— Tu prends rien pour ça ? Aucun antidouleur ?

Parmi tous les flacons et bouteilles qu'avait apportés Gilles dans sa précipitation, le vieil homme désigna du menton un tube rouge vantant le soulagement rapide des douleurs arthritiques. Le jeune homme en appliqua doucement sur les genoux endoloris de son grand-père. Ce dernier sembla quelque peu apaisé.

— Maintenant, tu viens t'étendre.

Et avant même que son grand-père rouspète, Gilles ajouta que c'était à prendre ou à laisser. Il allait s'allonger quelques heures, dormir si possible, et lui prendrait soin du reste.

La montée de l'escalier ne fut pas une mince affaire. Gilles se dit que très bientôt, même s'il savait que la tâche serait ardue, il tenterait d'échanger sa chambre située au rez-de-chaussée contre celle de son grand-père. Il n'était plus question que ce dernier gravisse toutes ces marches. Il n'en avait plus la force, même s'il prétendait le contraire. En pénétrant dans la chambre, il aida son grand-père à se déshabiller. Et une fois de plus, il fut troublé. Le vieil homme était tellement maigre, il n'avait que la peau sur les os. Était-ce le fait qu'il s'habillait tel un oignon, avec plusieurs couches de vêtements – camisole, pull épais et veste de laine –, que Gilles ne l'avait jamais remarqué ? Gilles lui enfila sa grande chemise de nuit qui descendait jusqu'aux genoux. Henri avait toujours préféré dormir avec une liquette plutôt que d'être engoncé dans un pyjama qui, à son dire, ne suivait pas le corps quand on se retournait dans le lit. « On a l'impression que le pyjama reste à l'endroit où l'on était auparavant tandis que, nous, on est rendu ailleurs. »

Henri ferma les yeux. Tandis que la chienne se couchait, comme à son habitude, sur le tapis au pied du lit, Prune et Praline vinrent prendre du service pour un petit quart de travail. Elles s'installèrent, l'une sur la cime de la hanche et l'autre entre les pieds de leur maître. Henri semblait content de cette invasion. Pour sa part, Gilles, posté dans l'encadrement de la porte, commençait à dissiper son inquiétude. Il lui annonça qu'il allait descendre lui préparer une boisson chaude.

Lorsque Gilles revint avec la tasse de thé fumant, le quatuor composé d'Henri, de Guapa, de Prune et de Praline était endormi.

6

Le lendemain, Gilles proposa à son grand-père de faire un appel FaceTime à ses parents.

— Je veux bien, rétorqua Henri, mais je ne sais absolument pas de quoi tu parles. C'est quoi ce Fessetime ?

Le vieil homme avait repris des couleurs et s'agitait devant l'évier en faisant la vaisselle du petit déjeuner.

Gilles avait compris que son grand-père était plus solide qu'il n'y paraissait, puisqu'une nuit de sommeil et un peu de pommade l'avaient remis sur pied. Par contre, tout ce qui avait trait aux nouvelles technologies de communication ne faisait absolument pas partie de son univers.

— Pachou, comment tu fais quand tu veux parler à mes parents ?

— Je prends le téléphone et j'appelle en France.

Il précisa qu'il ne faisait ses appels que le dimanche parce que ça coûtait moins cher. Et le matin de préférence, pour être sûr de les trouver sur place.

— Mais tu ne les vois pas.

— Bien non, fiston, je suis au téléphone. Je suis vieux, pas fou !

De toute évidence, son grand-père n'avait jamais utilisé les Skype, FaceTime et Messenger de ce monde. Il n'en connaissait même pas l'existence. Gilles saisit sa tablette et entreprit de le mettre au parfum.

— Et tu dis que tout ça, c'est gratuit ? Et qu'en plus je vais pouvoir les voir ? Quand même ! Il y a du bon dans la modernité. Montre-moi comment ça marche.

— D'abord, il faut avoir une tablette ou un cellulaire.

— Mathilde et Paul, ils ont ça ?

— Oui. C'est comme ça que je communique avec eux. On a l'impression qu'on est tout près, même si un océan nous sépare.

Durant cet échange, Gilles avait signalé le numéro de ses parents sur la plateforme de FaceTime.

— Ça sonne ! s'émerveilla Henri.

— Eh oui ! Ça sonne, répondit Gilles, amusé. En plus, ils vont répondre, s'ils sont branchés !

Le vieil homme se pencha vers l'écran et y découvrit sa fille.

— Papa ? s'étonna celle-ci. Tu sais te servir de FaceTime, toi ?

— Certainement ! déclara fermement Henri.

Il avait haussé le ton.

— Je ne suis pas arriéré à ce point !

Il envoya un clin d'œil à son petit-fils. Gilles lui fit signe de baisser la voix tout en lui chuchotant qu'il n'était pas obligé de crier, qu'elle entendait très bien.

— Alors ? Comment ça se passe chez vous ? demanda Mathilde.

— Bien, bien, rétorqua Henri.

Puis il se tourna vers son petit-fils pour demander son approbation.

— Hein ? Ça se passe bien, nous deux ?

— Oui, oui, ça se passe bien. Maman, c'est quoi les dernières nouvelles ? Papa est pas là ?

— Ton père ! dit-elle en levant les yeux au ciel. Ton père est au village. Au café d'abord pour l'expresso, puis à sa partie de pétanque, et à nouveau au café pour l'apéro. C'est chaque jour le même scénario.

— Moi aussi je faisais ça, quand je pouvais, ajouta Henri.

— Moi, je jardine, continua Mathilde sur sa lancée. J'ai un peu mal aux mains, mais ça va. Il a plu beaucoup la semaine passée, alors l'humidité… ça n'aide pas.

Elle raconta l'aménagement de son petit potager, les arbres fruitiers en fleurs. S'adressant à son père, elle lui demanda pourquoi il ne parlait pas.

— Je t'écoute, je t'écoute. Non, en fait, je te regarde, lui dit-il, et je te trouve belle. Ça fait combien de temps qu'on ne s'est pas vus ?

— Trop longtemps, répondit-elle. Trop longtemps. On pense à aller vous voir cette année, mais avec les travaux qui ne sont pas terminés… Et les complications post-pandémie…

Elle lui raconta sa vie de tous les jours, lui donna des nouvelles du village, lui répéta combien elle était contente de ne plus le savoir seul. Elle s'inquiétait tout le temps.

Elle inversa alors la caméra et la dirigea vers l'ensemble de la pièce.

— Je ne la vois plus ! s'étonna Henri. Matti, t'es où, Matti ?

— Je suis encore là, papa, ne t'affole pas. Je te montre les rénovations.

Elle entreprit de lui faire faire le tour de la maison. Sa maison.

— On a bien fait de racheter ta propriété, papa. C'est ici que j'ai grandi, c'est ici que je veux finir mes jours. Et si jamais tu décides de revenir, une chambre t'attend !

Alors qu'elle était âgée de vingt ans et s'intéressait beaucoup à la culture amérindienne, Mathilde était allée au Québec terminer ses études d'anthropologie. C'est là qu'elle avait rencontré Paul, le futur papa de Gilles, un Québécois qui faisait des études de génie. Ils avaient emménagé ensemble et, quand elle avait été enceinte de Gilles, ils s'étaient mariés. Quelques années plus tard, Mathilde avait proposé à ses parents de venir s'installer au Québec auprès de sa petite famille, ce qu'ils avaient fait. La maison avait été mise en vente avant leur départ, et elle avait été achetée par un Parisien en manque d'authenticité. Il n'avait pas fait long feu dans cette demeure où le silence, devenu trop pesant pour lui, l'avait rapidement renvoyé à la capitale. Il avait laissé la maison à l'abandon, n'y venant que rarement. Plusieurs années plus tard, quand Paul avait eu une proposition de travail à Bayonne, Mathilde et lui avaient décidé de tenter l'aventure au Pays basque. Ils avaient fait le tour de la région pour trouver où se loger, mais quand Mathilde avait revu la maison de son enfance et l'état dans lequel elle avait été laissée, elle avait convaincu son mari d'en faire l'achat afin de lui redonner son allure d'antan. Le propriétaire avait été très heureux de s'en départir, même à bas prix. Mathilde était consciente de l'ampleur du travail de restauration qui l'attendait, mais elle se sentait d'attaque. Elle avait éprouvé trop d'affection pour cette maison pour ne pas lui prodiguer à nouveau de l'amour. La demeure avait maintenant fière allure, grâce à ses soins. Elle avait été modernisée, dans le respect toutefois de ses qualités d'origine.

— Elle a été durement éprouvée par le tremblement de terre.

Le vieil homme faisait référence à ce terrible séisme qui, en 1967, avait détruit la majorité des maisons du village d'Arette. Étonnamment, malgré de profondes fissures dans sa fondation, quelques blessures ici et là, des cicatrices dans la pierre, la sienne avait tenu bon.

Henri put de nouveau admirer l'immense cheminée de pierres qui s'étendait sur tout un pan de mur, du plancher au plafond et dans laquelle on pouvait pénétrer afin de s'asseoir sur un des bancs de pierre pour surveiller la cuisson des aliments ou attiser le feu.

— Regarde, Gillou. Ça, c'est de la belle ouvrage. Mathilde, tu l'as vraiment remise d'aplomb ! Elle est magnifique !

Lorsque Mathilde et Paul avaient décidé de tenter l'aventure dans le Sud-Ouest, leur fils poursuivait ses études en tourisme, avait beaucoup d'amis et comptait bien rester à Montréal malgré le départ de ses parents. Pour sa part, Henri n'avait pas voulu les suivre non plus. Il était bien établi dans sa petite fermette des Cantons-de-l'Est. Il s'y plaisait. Il aimait s'y occuper des animaux et du potager. Il n'aurait jamais abandonné ses bêtes. Même s'il vivait seul – sa Marie était déjà décédée quelques années auparavant des suites d'un cancer –, le retour au Pays basque n'était pas envisageable pour lui non plus. Il avait promis de veiller sur Gilles tant qu'il le pourrait.

Une fois terminée la visite de la demeure d'Arette, Mathilde fit un petit tour de jardin pour leur montrer la somptueuse glycine qui débordait de partout au-dessus de la pergola.

— Oh ! Ça sent bon presque jusqu'ici, rigola Henri.

— Ici, ça commence à peine à pousser ! ajouta Gilles. Les nuits sont encore froides.

Le trio discuta encore un peu. Mathilde voulut savoir ce que son père lisait ces temps-ci.

— *Le Soleil des Scorta,* de Laurent Gaudé.

— Encore ! s'exclama sa fille.

— Je ne m'en lasse pas, rétorqua Henri pour sa défense. Bon, je vais devoir te laisser, chérie. Les chèvres m'attendent.

Il envoya un baiser à sa fille en lui promettant de la rappeler très bientôt. Puis il enfonça son béret sur ses cheveux encore bouclés, mais clairsemés, et il franchit la porte de la cuisine vers l'extérieur. La moustiquaire claqua dans le silence.

Gilles attendit que son grand-père se soit éloigné pour parler à sa mère de la santé du vieil homme. Il n'évoqua pas son dernier malaise pour ne pas l'inquiéter outre mesure, mais lui mentionna que ce dernier n'allait pas en rajeunissant, même s'il était très volontaire.

— Il se targue encore d'être un mousquetaire, lui dit-elle. C'est ça quand on est né dans les villages voisins qui ont vu naître trois d'entre eux...

— Il m'a raconté. Les jeux de cape et d'épée, les chevaux et tout le tralala. Sauf que là, il n'a plus de genoux ! Il a beau faire son Aramis, combattre les intempéries, veiller au grain et accueillir l'orphelin que je suis pour l'instant, il n'est plus aussi frais qu'avant !

Gilles eut cette pensée : « Mon grand-père est devenu un mousquetaire bancal. Et tout comme son ancienne maison, lui aussi subit quelques secousses sismiques... »

Mathilde demanda à son fils d'en parler au médecin d'Henri. Son père allait sûrement sauter cette information lors de sa prochaine visite. Et omettre qu'il allait fêter son quatre-vingt-sixième anniversaire la semaine suivante.

— Et tu vas comment, toi ?

— Ça va, ça va ! J'ai juste hâte de trouver un travail et de repartir en expédition. Normalement, j'aurais fait un long séjour en Thaïlande, je serais en plein trekking en Nouvelle-Zélande et j'enchaînerais bientôt avec les Maldives. Mais ça, et tous les autres projets, c'est de l'histoire ancienne. Là, je suis terré sur le rang des Vieux-Garçons !

— Même si je sais que les voyages te manquent, je suis contente de te savoir avec papa.

Puis elle ajouta tout doucement que c'était un autre genre de voyage, celui qu'il faisait avec son Pachou.

— Ça peut te mener loin. Plus loin que tu penses.

Sauf que, pour l'instant, Gilles n'allait pas très loin, ni très bien. Ses explorations se résumaient à des allers-retours entre la table et le lit, et sa seule activité, suggérée par Henri, consistait à bûcher le bois pour évacuer sa colère. Le reste de son périple était constitué de rares visites au village pour s'approvisionner en nourriture et en médicaments. Il communiquait avec peu de gens et ne s'attardait pas. Le temps filait, il employait les nombreuses heures du jour et de la nuit à faire éclater des bulles ou à déplacer de petits objets, penché sur son cellulaire ou sa tablette. Pour l'instant, il faisait du surplace.

Sa mère lui rappela une fois de plus l'anniversaire à venir d'Henri.

— Le 9. Je crois que c'est un jeudi. N'oublie pas ! On pourra se reparler à ce moment-là.

Puis, avant de mettre fin à l'appel, elle poursuivit ses recommandations.

— Essaie de trouver un dessert chocolaté pour Henriquet, il en raffole. Je t'embrasse, mon Gillou.

— Je t'aime, maman. Embrasse papa. Et ne t'inquiète pas, je suis là, lui dit-il.

Et le beau visage de sa mère disparut de l'écran. Gilles resta un long moment perdu dans ses pensées.

7

Gilles ne savait pas comment s'y prendre. Pas simple d'organiser une surprise… L'avait-il d'ailleurs déjà fait? Toujours dans ses valises, à droite et à gauche, il s'était souvent contenté de fêter les anniversaires de ses amis et de sa famille en envoyant un message truffé d'émoticônes. Vite fait, bien fait. Ou alors, quand la chose était encore possible, ses copains et lui se réunissaient dans un bar à la mode et trinquaient pour souligner l'événement. Il y avait bien eu quelques blondes qui s'étaient chargées de le surprendre à son anniversaire…

À force de gamberger sur des idées toutes plus farfelues les unes que les autres et s'avouant vaincu d'avance face au projet de concocter un repas d'anniversaire – avec une surprise chocolatée, de surcroît! –, il finit par appeler au secours.

— Nico? J'ai besoin de toi. Mais vraiment besoin. De tes idées, de tes talents… de ton aide.

— OK, Gilles! Mais tu fais vite parce que je suis dans le jus. En plein coup de feu. Depuis la réouverture des restos, le monde est devenu fou!

— J'ai besoin de tes recettes. Et d'un truc dégoulinant de chocolat. C'est pour mon grand-père... et tu sais comme je suis nul en cuisine !

— Tu veux ça quand ?

— Ben... sa fête est le 9...

— Et tu comptes apprendre à cuisiner d'ici là ?

— ...

Comprenant la véritable urgence de son copain, Nicolas lui dit qu'il le rappellerait dans une heure.

En attendant que son sauveur communique à nouveau avec lui, Gilles alla fureter dans la bibliothèque d'Henri, espérant y dénicher quelques livres de recettes. On trouvait de tout dans cet antre du livre. Avec le temps, Henri avait amassé des centaines et des centaines d'ouvrages qu'il avait classés, sur les nombreuses tablettes des bibliothèques érigées au fil des années, par genre, puis par nom d'auteur.

Au départ, le jeune homme et l'adulte en avaient été peu friands, beaucoup plus enclins à exercer leurs muscles que leurs neurones. La lecture, c'était le domaine de Marie. L'adorée d'Henri, *Mamarie*, comme il l'appelait. Cette dernière avait d'abord exercé le métier de super infirmière, qu'elle avait appris en Angleterre. Pour l'époque, il était assez inusité de voir une jeune fille délaisser sa famille et son village français pour aller étudier dans un hôpital londonien. Jeunes amoureux, elle et son berger s'étaient écrit à maintes reprises, et la lecture avait été pour elle d'un grand secours contre l'ennui. Cette passion ne l'avait jamais quittée. Elle lisait tout ce qui lui tombait sous la main.

Revenue en France après ses études, elle s'était mariée et avait travaillé entre deux grossesses. Mathilde et Grégoire étaient nés. Elle n'avait jamais arrêté de lire. En vacances, dans ses moments de pause au travail et à la maison, elle avait en permanence un livre dans les mains. Dans son bain, au lit, en faisant la lessive, près de la cuisinière lorsqu'un plat mijotait, pendant les heures d'allaitement. « Heureusement que je ne suis pas jaloux de la façon dont tu caresses les livres », avait coutume de lui dire son Henriquet.

Puis, elle s'était vu confier la direction de cliniques de soins. Là aussi, elle passait chaque moment de liberté entre les pages de romans. C'est alors qu'elle avait initié Henri aux joies de la lecture. Voulant comprendre l'attrait de ce rival, Henri s'était plié de bonne grâce à la proposition qu'elle lui avait faite : chaque soir, au lit, après qu'ils se soient donné des nouvelles de leur progéniture et qu'ils aient réglé les problèmes domestiques, elle lisait à voix haute quelques pages d'une histoire. Un peu à la manière du prince dans le conte *Les Mille et Une Nuits*, Henri demandait chaque soir qu'elle poursuive la lecture.

Et quand, épuisée par la fatigue de sa journée, le livre lui tombait des mains, il le déposait sur la table de chevet et la bordait. Ils reprenaient l'histoire le lendemain. Il avait ainsi pris goût à la lecture. Il lui était devenu impensable de rater un de ces moments d'enchantement entre eux.

Quand ils avaient quitté la France pour emménager au Québec – dans la grande ville d'abord, puis dans cette fermette des Cantons-de-l'Est –, ils avaient entassé dans un conteneur les meubles fabriqués par Jean, le papa de Marie, mais également tous les livres qu'elle avait amassés au fil des années. Il n'était absolument pas question d'en abandonner un seul sur place. Henri n'était pas près d'oublier le nombre incalculable de cartons de livres qu'il avait dû transporter. Mais aujourd'hui, son dos et ses bras avaient oublié les efforts qu'il lui en avait coûté à l'époque. Il ne lui restait que le plaisir de vivre entouré de livres. Surtout lorsqu'il s'était retrouvé seul après le départ de sa bien-aimée. « On n'est jamais seul avec des livres. Ce sont des amis », avait-il coutume de répéter.

Il n'était d'ailleurs pas rare que des voisins, des amis ou des connaissances du village viennent lui emprunter un volume. Le vieil homme tenait bibliothèque, en quelque sorte. Et il ne faisait pas les choses à moitié. Dans un premier temps, il écoutait les besoins et les envies des amateurs de littérature qui venaient le consulter, ensuite il leur suggérait des œuvres. Parfois, il poussait ces derniers à explorer des univers qui lui avaient particulièrement plu. Puis, le plus scrupuleusement du monde, il notait dans un cahier à cet effet les emprunts de chacun. Il ne pressait pas trop les lecteurs qui mettaient du temps à rapporter les ouvrages – il aimait s'imaginer que cette lecture leur plaisait vraiment et qu'ils la savouraient –, mais il faisait quand même quelques rappels à l'ordre. Et ses livres et leurs lecteurs revenaient toujours vers le libraire et le bonheur d'occasion.

Les premières nuits où Gilles avait séjourné chez son grand-père, il avait été réveillé par une voix dans le noir. C'était la voix d'Henri. La chose s'était répétée soir après soir. Curieux de savoir à qui ce dernier pouvait s'adresser, et quelque peu inquiet que le vieil homme en soit rendu à parler tout seul, il était monté en catimini pour avoir le fin mot de l'histoire. C'est là qu'il avait découvert le vieil homme, en liquette, un livre à la main, le dos bien calé dans son oreiller, un bras grand ouvert en appui sur le coussin voisin, comme s'il accueillait quelqu'un contre lui. Installé de la sorte, Henri lisait à voix haute et donnait l'impression de faire la lecture à quelqu'un, bien qu'il n'y eût personne d'autre dans la chambre.

Gilles connaissait bien la personne qu'il tenait contre son cœur et à qui il adressait chaque soir une nouvelle histoire.

8

Levé tôt pour une fois, Gilles prit la route en direction du village. La célébration n'aurait lieu que le lendemain, mais le jeune homme ne voulait pas être pris de court.

Nicolas lui avait envoyé par courriel, dans le menu détail, la liste de tout ce dont il aurait besoin pour préparer un repas de fête digne de ce nom. Il lui avait même offert, puisqu'il n'avait pas vu son ami depuis un certain temps, de venir cuisiner lui-même le repas, avec l'aide de Gilles, bien entendu.

— Un petit tour à la campagne me fera le plus grand bien. Je manque d'air. On a été tellement *rushés* depuis la réouverture !

Puis il avait ajouté dans un grand rire qu'il se rappelait le *chili con carne* qu'avait cuisiné Gilles et qui les avait tous rendus malades.

— T'as vraiment besoin d'aide ! J'apporte le dessert.

Il avait également glissé dans la conversation que, s'il était trop soûl pour conduire au retour – fatigué comme il l'était, ça ne lui en prendrait pas beaucoup avant de déclarer forfait –, il dormirait chez Henri. Le jeune homme n'avait pu demander cette permission à son grand-père, sinon la surprise aurait été éventée aussitôt, mais il avait supposé qu'Henriquet n'y verrait pas d'inconvénient.

Avant de se rendre à l'épicerie, comme la visite de son vieux chez le médecin n'était pas prévue avant quelques semaines, Gilles fit un saut à la pharmacie, histoire de consulter le pharmacien sur les fréquentes chutes que faisait son grand-père. Jean-Marc, ami de longue date d'Henri, le rassura du mieux qu'il put. La campagne avait ça de bon : la bienveillance prenait le temps.

Au dire du spécialiste, les pertes d'équilibre et les chutes, courantes chez les aînés, étaient dues soit à des faiblesses musculaires, soit à des problèmes neurologiques, soit à une anomalie de l'oreille interne.

— Vincent pourra t'en dire davantage lors de votre visite à la clinique, conseilla Jean-Marc.

— Il a toute sa tête, précisa Gilles, et il ne semble pas près d'arrêter de travailler. Il s'occupe encore de tout. Le train, les poules, les foins et le potager. Il fait encore tout dans la maison. Il n'y a pas grand-chose à son épreuve !

— Bon ! C'est bien ce que je pensais. Notre ami vieillit, c'est tout. Assure-toi qu'il est bien chaussé pour travailler à l'extérieur. Ça, déjà, ça peut aider. Je ne recommanderais pas d'exercices pour augmenter sa masse musculaire. Il en fait déjà plus que la majorité des gars de mon âge ! Je ne vois pas Henri se mettre au taï-chi !

Les deux hommes sourirent à cette idée. Gilles ajouta que son grand-père, même s'il mangeait sainement, qu'il ne buvait pas trop et qu'il dormait bien, fondait à vue d'œil.

— Tu l'as vu dernièrement ? demanda-t-il.

Jean-Marc admit que ça faisait un bout de temps qu'il ne l'avait pas croisé.

— Il avance en âge, ajouta doucement l'homme en blouse blanche.

Gilles en conclut qu'il devrait dorénavant être plus présent et prêt à assurer un certain confort à son grand-père, ne serait-ce qu'en l'aidant un peu plus. Du moins, aussi longtemps qu'il logerait chez lui.

Au moment où il s'apprêtait à partir, Jean-Marc lui proposa une petite partie de pêche au cours de l'été. Il allait convaincre Vincent de les accompagner.

— Ça te dirait ? Avec Henri, bien sûr. Je sais qu'il adore taquiner la truite. J'ai eu droit à quelques-unes de ses captures l'an passé.

Pris de court, Gilles accepta l'invitation et le remercia pour la consultation.

Afin de réussir à trouver tout ce que Nicolas avait réclamé pour son menu, il dut se rendre dans plusieurs commerces. Comme le marché public du village où l'on trouvait des produits frais et bio n'était pas encore ouvert – on était encore tôt dans la saison –, il lui fallut faire quelques kilomètres pour s'approvisionner. Mais ce détour en valut la peine. Dans le rang voisin, il trouva chez un éleveur un gigot d'agneau digne d'une Pâques gastronomique, même si ce n'était pas le motif de la célébration. Les asperges et les laitues furent trouvées au jardin de la Grelinette, la microferme biologique du coin. Sur la recommandation de Nicolas, il dénicha chez madame Roy des pommes de terre *fingerling* de la ferme Valupierre de l'île d'Orléans. Ces petites patates, portant le nom de Raphaëlle ou Gabrielle selon leur chair jaune ou rouge, faisaient le délice des grands chefs.

Il fit également les achats nécessaires à la préparation d'une omelette aux fines herbes, au fromage et aux champignons, qu'il comptait cuisiner pour le souper ce soir-là afin que son grand-père ne mette pas le nez dans le réfrigérateur. Gilles tenait tellement à ce que la fête soit une véritable surprise pour Henriquet qu'il était prêt à certains petits mensonges, et même à se mettre aux fourneaux. Enfin, il fit un saut à la SAQ pour y acheter vin et bulles, et un autre à la papeterie pour y dénicher une carte de vœux et du papier d'emballage.

La première étape de son plan réalisée, il pouvait rentrer à la ferme. Une fois arrivé, il s'assura qu'Henri n'était pas dans les parages avant de sortir ses provisions de la voiture. Il camoufla rapidement toutes les denrées sur les étagères du frigo, derrière les condiments, les litres de lait de chèvre et les légumes.

Il alla ensuite rejoindre Henri dans la grange, où ce dernier s'affairait à nourrir ses bêtes, et entreprit de ramasser les œufs pour l'omelette. Henri fut grandement surpris que Gilles se propose de faire le repas du soir, mais ne montra aucun signe de son étonnement.

En retournant vers la maison avec ses œufs, Gilles réalisa que la préparation de cet anniversaire l'avait mis de bonne humeur, et le fait de penser que son grand-père ne se doutait de rien le ravissait davantage.

Pour s'assurer que la surprise demeure entière, Gilles avait fait appel aux voisins et amis d'Henri, Patrick et Lisa. Le jeune homme les avait conviés à la fête, à l'heure de l'apéro, et à leur tour ils avaient invité Henri à faire une balade vers une chèvrerie près de la frontière américaine le lendemain après-midi. Cette visite réjouirait le vieil homme, qui pourrait ainsi aider Patrick à faire l'acquisition d'une nouvelle chèvre, tout en permettant à Gilles de tout préparer sans la présence du jubilaire.

Le jour suivant, vers quatorze heures, une voiture rouge stationna dans la cour. Gilles se précipita pour accueillir Nicolas. Un grand roux aux cheveux en brosse s'extirpa du véhicule, s'étira et vint faire l'accolade à son vieil ami.

— *Long time, no see!* déclara-t-il, visiblement heureux de ces retrouvailles.

— Tu me sauves la vie, Nico, tu sais pas à quel point. T'as pas oublié le gâteau? s'informa Gilles.

— Non seulement j'ai apporté le gâteau, mais j'ai amené la pâtissière !

Les deux hommes firent le tour de la voiture pendant qu'une jolie blonde aux yeux bleus se détachait de la place du passager.

Nicolas fit les présentations.

— Janie Jolicoeur. Pareil nom, ça ne s'invente pas pour une si jolie fille ! Et terriblement talentueuse. Elle travaille avec moi, maintenant.

La jeune femme tenait dans ses mains un grand carton blanc. Gilles la débarrassa prudemment de son précieux paquet, devinant qu'il s'agissait du fameux gâteau d'anniversaire.

— Moi, c'est Gilles.

— Gillou pour les intimes, précisa son acolyte.

— C'est doublement gentil d'être venue en personne en plus d'avoir pris le temps de... continua Gilles en désignant le carton.

— Triple chocolat, annonça-t-elle. Ç'a été un vrai plaisir de remplir cette commande. Et de l'air de la campagne, ça ne se refuse pas !

Comme Gilles était encombré à son tour, c'est elle qui s'approcha de lui pour lui faire la bise. Pendant ce temps, Nicolas extrayait du coffre arrière un grand sac.

— T'inquiète pas, mon Gillou, on ne vient pas s'installer à demeure. J'ai juste apporté quelques outils et des assaisonnements au cas où je ne trouverais pas tout dans ta cuisine.

Gilles suggéra de déplacer la voiture derrière la grange. Janie s'en chargea.

Une fois à l'intérieur, Gilles sortit du réfrigérateur les denrées qu'il avait achetées la veille, afin de faire de la place au gâteau.

— Il a l'air immense ! On ne sera que quelques-uns... Vous deux, Henri, moi et un couple de voisins qui sont dans le secret. Ils baladent mon grand-père pendant qu'on va tout préparer.

— D'après ce que tu m'as dit, ton Pichou a...

— Pas Pichou, *Pachou,* mon *Pachou* ! rectifia Gilles en riant.

— Ton Pachou a l'air friand de chocolat. Il en aura pour les jours suivants !

— C'est fou, ça. Avant, mon grand-père n'avait jamais eu la dent sucrée. Mes parents me l'ont confirmé. Mais en vieillissant... Ça lui arrive même de monter des tablettes de chocolat à sa chambre, comme un petit garçon ! Au cas où il aurait une fringale, qu'il dit.

— Ma grand-mère, c'était pareil. Mais avec le caramel, précisa Nicolas. Quelques jours avant sa mort, je lui ai apporté une île flottante à l'hôpital. Elle en salivait d'envie. Je ne crois pas que ça ait aidé ses artères, mais elle nous a quittés heureuse.

Il changea de sujet en enfilant un tablier qu'il avait pris soin d'apporter.

— Bon ! On s'y met, si on veut que tout soit prêt à temps ?

Il vida le reste de son sac sur le comptoir. En plus des longs couteaux qui allaient servir au dépeçage du gigot, on y trouvait des fromages et des pâtés enveloppés dans du papier ciré, ainsi que quelques herbes fraîches.

Gilles répéta à son ancien colocataire à quel point il était ravi de sa visite.

— Tu m'as manqué aussi, déclara Nicolas. Cette maudite pandémie nous aura séparés, en quelque sorte. J'avais hâte de voir où tu créchais, et ce que tu faisais de ta vie. Tu m'as tellement inquiété quand tu te trimballais de campement en campement. Je ne savais pas comment t'aider… Faut dire que j'étais aussi mal pris que toi. Pas été simple de vivre chez mes parents…

— Nico, la campagne, c'est temporaire, se défendit Gilles. C'est pas pour moi, ce genre de vie, je te l'ai déjà dit. Je répète ça à tout le monde et tout le monde me renvoie que je suis donc chanceux de vivre en dehors de Montréal. Je pense qu'ils ont oublié que ma vie, c'est les voyages ! J'envoie en moyenne une vingtaine de CV par semaine. En attendant, mon séjour s'étire ici… C'est juste que je n'avais pas réalisé que mon grand-père était si fragile quand il est venu me chercher. Il a besoin de moi. Mais je vais trouver une solution.

Tout en s'activant pour dégraisser le gigot, Nicolas lui donna des nouvelles de leur autre colocataire.

— Même si les contrées perdues te manquent, nous on est contents de te savoir pas trop loin. Au fait, François te salue. Il nous a fait peur, il était au bord d'une dépression, mais maintenant que la vie a repris à peu près comme avant, sans être encore complètement sur son X, il est retombé sur ses pieds. Il a retrouvé son travail de serveur dernièrement. Si tu voyais les travaux qu'ils ont faits au resto, c'est malade ! C'est ce type de restaurant qui me fait rêver.

Il poursuivit sur sa lancée.

— On songe tous les deux à emménager avec Janie. On cherche un grand loft qui servirait d'atelier-traiteur pour elle.

— Qu'est-ce qu'elle a, Janie ? s'écria cette dernière en franchissant la porte moustiquaire de la cuisine, un chat sur les talons.

— Je lui parlais de notre projet, répondit Nicolas. T'étais où ?

— J'ai fait le tour... Wow ! C'est incroyable ! T'es chanceux, Gilles. J'aimerais ça être à ta place.

Gilles lança à Nicolas un regard entendu, signifiant « Tu vois, je te l'avais dit ».

— La place est libre quand tu veux, Janie. Pâtissière et aidante naturelle... Mon grand-père serait ravi !

Janie ne releva pas la remarque et continua avec enthousiasme.

— Les chèvres... elles étaient super excitées. Ça grimpe, une chèvre ? Je savais pas ça. Et votre chien ne m'a pas lâchée d'une semelle.

— Elle s'appelle Guapa, précisa Gilles.

— Et les poules, elles ont toutes accouru quand je me suis approchée... C'est joli, chez vous.

— C'est plutôt chez mon grand-père, s'empressa de rectifier le jeune homme. Moi, les poules se sauvent quand je m'approche. Elles te trouvent plus mignonne, faut croire !

Janie s'éloigna du comptoir sans récolter le compliment.

Nicolas avait commencé à introduire des petites gousses d'ail dans les fentes qu'il avait pratiquées auparavant dans la chair de l'agneau. Puis, il enduisit le gigot d'une pâte d'herbes fraîches que Gilles, sur les recommandations du chef, venait de ciseler et de broyer dans le mortier de granit. Il y ajouta de la fleur de sel et se mit à la recherche du poivre sur les tablettes.

Gilles se rendit au réfrigérateur, en sortit un bol en pyrex et le lui présenta.

— Piment d'Espelette. Tu ne trouveras que ça ici. Le poivre est banni.

Nicolas fut ravi de constater qu'Henri préservait le piment au frais, afin de lui conserver sa belle couleur écarlate. Janie ne connaissait pas ce truc.

— Je vais mettre le mien au frigo, maintenant. Mélangé au chocolat, c'est un pur délice.

Nicolas prit une pincée de poudre rouge à même le pot et en parsema la viande, qu'il enfourna aussitôt. Gilles avait pris soin d'allumer le four, et ce dernier était maintenant prêt à recevoir la belle pièce.

— Je peux me rendre utile ? demanda Janie. Gillou, où est-ce que tu veux dresser la table ?

— Il fait bon, j'ai pensé qu'on pourrait manger sous la tonnelle.

Gilles guida la jeune femme vers l'armoire massive qui dominait la salle à manger. Il en tira une belle nappe colorée et des serviettes de table assorties, et lui indiqua le tiroir à ustensiles des grandes occasions.

— Tu veux que je t'aide à mettre la table ? s'informa Gilles.

— Pas question, mon Gillou ! J'ai besoin de mon assistant. Viens éplucher les asperges. T'as trouvé les petites rates ? Faut juste les brosser.

— Oui, chef ! Bien, chef ! À vos ordres, chef ! entonna Gilles.

Ils éclatèrent de rire à l'unisson, heureux de retrouver leur complicité.

Chacun ayant ses tâches définies par Nicolas, les préparatifs allèrent rondement. Quand tout fut en place, cuisant à la vapeur, suintant dans le four, mijotant à feu doux, et la table mise, les trois comparses s'arrêtèrent pour une pause, en débouchant quelques bières.

— J'ai une petite faim, moi, décréta Nicolas qui s'apprêtait à déballer pâtés et fromages.

— J'ai quelque chose qu'il faut que tu goûtes absolument.

Gilles alla chercher le pain frais et un pot de *chinchous.* Ils s'attablèrent pour grignoter en attendant les invités.

— C'est quoi, ça ? s'écria Nicolas en dégustant sa tartine. Mais c'est bon sans bon sens ! Longtemps que j'ai pas mangé quelque chose d'aussi délicieux. C'est toi qui as fait ça ?

— Tu veux rire ! Recette basque. Ça ressemble un peu aux cretons d'ici et aux rillettes françaises. De l'échine de porc, de la couenne, du lard et... euh... tu demanderas la recette au Basque !

Le bruit d'une voiture s'approchant de la maison se fit entendre. Le chien jappa et sortit aussitôt pour accueillir son maître. Gilles attrapa dans le réfrigérateur une bouteille de prosecco, la déboucha prestement et versa à la hâte le liquide doré dans six coupes. Au moment où il s'apprêtait à les déposer sur un plateau, Nicolas l'arrêta dans son élan.

— Minute Moumoute !

Il prit le plateau des mains de Gilles, qui protesta, le passa à Janie pour qu'elle termine le service et, d'un geste rapide, enleva son tablier et l'enfila à Gilles.

— C'est toi le chef, ce soir, lui dit-il avec un clin d'œil affectueux.

Janie lui rendit le plateau garni des coupes de mousseux, avec un large sourire. Il y avait de l'électricité dans l'air.

Ils sortirent tous les trois sur le grand balcon et entonnèrent en chœur la petite chanson de circonstance.

Gilles n'avait jamais vu son grand-père ébranlé de la sorte. Lisa et Patrick avaient dû le retenir pour qu'il ne tombe pas. Une fois la surprise passée, le plaisir, les conversations animées et les rires s'invitèrent à la table. Les présentations furent faites, la première coupe de prosecco fut savourée avec les pâtés apportés par Nicolas, auxquels on avait ajouté le pot de *chinchous*, puis tout un chacun voulut en savoir davantage sur son vis-à-vis. La fin du jour, doux pour la saison, accueillit les exclamations, les questions et le secret des recettes.

Lisa prit des nouvelles des deux chatons qu'elle avait offerts à Henri. Ce dernier lui raconta, entre autres, comment elles avaient toutes deux élu domicile sur le mont Gillou. Sous les moqueries de la tablée, Gilles s'apprêtait à s'expliquer sur sa paresse des premières semaines. Janie n'arrivait pas à comprendre comment ce dernier pouvait dormir alors que « tout, absolument tout est magnifique ici » ! Heureusement pour Gilles, il n'eut pas à se justifier : Nicolas était pressé de connaître la recette des *chouchous*.

— *Chinchous ! Chinchous !* répétèrent en chœur Gilles et son grand-père, en prononçant le *s* à la fin.

— Fiston, tu reviendras et on en fera ensemble ! ajouta Henri à l'intention de Nicolas. Et en partant, tu prendras un pot dans le frigo.

Pour sa part, Janie voulait tout connaître des chèvres. D'où était venue à Henri l'envie d'élever ces bêtes ? Pourquoi pas des moutons ? Avait-il donné un nom à chacune ? Henri semblait débordé par la liste de questions de la jeune femme. Patrick, ami de longue date d'Henri, qui en connaissait autant que lui sur le monde des chèvres puisqu'il en élevait également, se prêta de bonne grâce au jeu des questions-réponses. Et comme les deux hommes avaient l'habitude de s'entraider, ils le firent une fois de plus, l'un poursuivant là où l'autre s'était arrêté. Une même passion les unissait. Il fut question d'élevage, de traite quotidienne, des soins à apporter aux bêtes. Quant aux noms, c'est Henri qui se fit une joie de les énumérer.

— Heidi, Wendy, Amélie, Fanny, Siri et Loky.

— Pourquoi des noms qui se terminent tous en *i*? C'est voulu ? questionna Nicolas.

Le vieil homme secoua la tête.

— C'est arrivé comme ça, c'est tout.

— C'est pour que ça rime avec Henri, rectifia Gilles.

— Et si une chèvre est malade, qu'est-ce que vous faites ? s'inquiéta Janie.

— On appelle le vétérinaire, répondit Patrick.

— Ou le voisin d'à côté, ajouta Henri.

Les deux hommes sourirent à cette évocation. Ils racontèrent la première naissance dans la chèvrerie d'Henri.

— Rien ne se passait comme prévu, révéla ce dernier. Ça avait duré toute la nuit. Je ne savais plus quoi faire pour sortir ce chevreau de sa mère.

— Après ça, soit tu laisses tomber l'élevage, soit tu tombes en amour avec tes bêtes ! ajouta Patrick. Et surtout, tu sais que tu peux compter sur ton voisin qui, en une nuit, est devenu un ami précieux.

Les invités trinquèrent à cette déclaration d'affection. Janie avait écouté avec beaucoup d'attention, mais n'avait pas manqué de jeter des coups d'œil à Gilles.

— On dirait que tu découvres l'univers des chèvres pour la première fois, lui fit-elle remarquer.

Il ne sut que répondre. En vérité, il ne s'y était jamais vraiment intéressé jusqu'à ce jour. Il avait écouté religieusement le récit de Patrick et d'Henri. Même s'il vivait à deux pas de la chèvrerie, assistant, à l'occasion, à la traite et aux soins que leur prodiguait son grand-père, il venait de suivre son premier cours : *Chèvres 101*.

Henri, qui n'avait rien manqué de la remarque de Janie, fit un clin d'œil à son petit-fils. Est-ce que ce qu'il espérait secrètement depuis l'arrivée de Gillou allait se produire ? Est-ce que le dormeur se réveillait enfin ?

9

Le souper fut un délice, et les bulles, désaltérantes et enivrantes à souhait. Les convives firent honneur aux plats du chef. À la fin du repas, il ne restait plus grand-chose autour de l'os du gigot. On se réjouissait de chaque mets, on en redemandait. On vida le pot de *chinchous* et on goûta au fromage de chèvre que Patrick avait apporté. Nicolas songeait à ajouter les fameux cretons basques et le fromage de chèvre à sa carte.

— Si ces messieurs du rang des Vieux-Garçons acceptent de devenir mes *pushers*, euh... mes fournisseurs attitrés, corrigea-t-il.

Un semblant d'accord fut conclu. On parla également champignons. Henri accepta que Nicolas vienne en cueillir avec lui et Lisa, grande connaisseuse, lors d'une prochaine visite, à la condition qu'il ne dévoile pas l'emplacement de leurs coins secrets de chanterelles et de bolets.

Gilles et Janie se chargèrent d'aller chercher des petites laines, histoire de se réchauffer un peu. Le feu que les garçons avaient allumé ne suffisait pas. Le printemps était hâtif, les soirées étaient donc encore frisquettes, et personne n'avait envie de rentrer. L'hiver avait été trop long et trop rude pour se priver de cet air piquant.

Henri s'intéressa beaucoup aux multiples tatouages sur les bras de Nicolas. Il n'en avait jamais vu autant.

— De vrais tableaux ! Des œuvres d'art !

Il ne comprit pas tout de suite que les dessins étaient permanents et il fut choqué de réaliser que ces empreintes colorées resteraient sur sa peau à jamais.

— Ça va avoir l'air de quoi quand ta peau va ramollir ? Parce que c'est ce qui arrive avec l'âge : ça ramollit et ça pend. Tes bras vont être couverts de montres molles, comme celles de Dali.

Nicolas, qui trouvait la comparaison assez juste, l'accompagna dans son grand rire taquin. Gilles et Janie revinrent à cet instant, les bras chargés de lainages. Chacun s'empara d'un châle, d'un gilet, d'une veste. Janie retourna à la maison, puis revint avec le gâteau, dans lequel elle avait piqué quelques bougies. Elle s'excusa de ne pas connaître le nombre d'années que ça faisait à Henri.

Ce dernier répondit qu'à son âge on ne comptait plus et qu'il n'était pas totalement serein à l'idée de vieillir une fois de plus. Qu'effectivement il avait un âge vague, cette année-là.

— De toute façon, c'est une année de plus qui ne compte pas.

— Comment ça ? demanda Lisa.

— La précédente, je ne l'ai pas beaucoup utilisée, à cause de la pandémie.

On rit, on chanta. Des paquets-cadeaux furent déposés devant Henri, qui souffla tout de même ses bougies, tout content d'apprendre que la gâterie chocolatée était le résultat des talents de pâtissière de Janie.

— Faites attention, mon joli cœur, je pourrais vous demander en mariage !

De grands sourires furent échangés. Le vieil homme déchira les papiers colorés avec vigueur. À cet instant, il avait neuf ans.

Lisa lui offrait un recueil de poèmes, intitulé *O encontro marcado*, de Fernando Sabino.

— Je sais que ta bibliothèque déborde déjà, mais celui-ci est tout petit.

— Mais inestimable ! Où as-tu déniché cette édition ? demanda Henri, tout heureux. Ça fait longtemps que je la cherche, celle-là.

Il se mit à feuilleter l'ouvrage. Malgré le peu d'éclairage, ses yeux tombèrent sur cet extrait qu'il réussit à lire :

— « De tout il resta trois choses :
La certitude que tout était en train de commencer,
la certitude qu'il fallait continuer,
la certitude que cela serait interrompu
avant que d'être terminé. »

Les mots du poète flottèrent un instant dans la nuit. Chacun reconnut dans ces lignes le visage de la pandémie qui semblait enfin derrière eux.

— On a l'habitude d'attribuer ces vers au poète portugais Fernando Pessoa, mais il y a erreur sur la personne, spécifia Henri. Il s'agit bien d'un poème du Brésilien Fernando Sabino.

Patrick avait choisi un livre également, un ouvrage pratique celui-là : *L'Artisan fermier*, de Dominic Lamontagne.

— Il y a de formidables trouvailles là-dedans. Je vais même te l'emprunter quand tu auras terminé, si tu veux bien, lui proposa le voisin.

Janie lut le sous-titre par-dessus l'épaule d'Henri.

— *Manuel d'élevage artisanal du poulet de chair, de la poule pondeuse et de la chèvre laitière.* Des heures de plaisir ! commenta-t-elle avec un petit sourire en coin.

— Mets-en ! rétorqua le vieil homme en tentant d'imiter l'accent québécois.

Puis vint le moment de découvrir le cadeau de Gilles. Ce dernier avait déniché dans une brocante un grille-pain électrique.

— Et il fonctionne parfaitement, celui-là ! lui précisa-t-il, content de sa trouvaille.

Henri l'examina sous tous les angles puis se leva pour embrasser son petit-fils. Il remercia les invités pour le repas gargantuesque, le délicieux gâteau et les nombreux présents. Il évoqua ensuite une envie pressante. Un peu bringuebalant sur ses jambes, fatigué par tant d'émotions et de boustifaille, il se dirigea vers la maison. Le voyant tanguer de la sorte, Lisa décida de l'accompagner.

— Ça va me faire du bien de me délier les jambes, moi aussi, dit-elle en lui prenant le bras.

La nuit était belle. Les lumignons qui entouraient la tonnelle donnaient à la noirceur une jolie lueur caramel. Les convives restèrent silencieux dans cet environnement enveloppant, écoutant les grenouilles qui s'en donnaient à cœur joie dans l'étang voisin. Nicolas et Gilles en profitèrent pour fumer un petit joint avant le retour d'Henri.

Et il revint, tenant une boîte enveloppée à la va-vite de papier kraft retenu par une cordelette blanche et surmontée d'un véritable chou de Bruxelles qu'il avait dégoté dans la cuisine et dont il avait écarté les feuilles. Il déposa le paquet devant son petit-fils.

— Pour toi, Gillou. Pour te remercier de cette formidable surprise. Et d'avoir invité tes amis de Montréal et nos amis d'à côté.

Il s'excusa pour l'emballage précaire. Il n'avait trouvé ni les rubans ni les choux qu'on met habituellement sur les cadeaux. Janie trouva amusant ce chou de remplacement et comptait bien faire la même chose à son tour.

Rougissant, le jeune homme entreprit de déballer le cadeau. Il ne fut pas le seul étonné lorsqu'il sortit de la boîte un gant de caoutchouc.

— Euh... Un gant? Pour faire la vaisselle? interrogea Gilles.

Seul Patrick avait compris à quoi servirait le présent d'Henri.

— Fiston, ce sont de faux trayons, lui dit Henri en s'apprêtant à faire une démonstration.

Sous le regard ébahi des trois jeunes, il prit la carafe d'eau, en remplit le gant aux trois quarts, fit un nœud au niveau du poignet et y attacha solidement la cordelette. Il fit signe à Patrick de la passer au-dessus de la tonnelle. Ce dernier monta sur son banc et attacha la corde au bout de laquelle pendait le gant à une planche de soutien. Lisa revint à ce moment.

— Patrick ? Tu as l'intention de danser sur la table ? se moqua-t-elle.

Patrick redescendit en lui tirant la langue. Le vieil homme sortit son Opinel de sa poche et entreprit de percer un trou minuscule dans un des doigts.

— Voilà ! Maintenant, tu peux t'entraîner à traire comme il faut. C'est de cette manière que j'ai appris. Quand j'étais enfant, mon père m'a fait ce cadeau. Ton tour est venu maintenant.

Les trois amis voulurent essayer. Lisa tenta la chose, elle aussi. Ils réalisèrent que l'exercice n'était pas facile. Et tandis que le trio s'aspergeait de l'eau qui giclait, riant et criant comme des gamins sous l'œil attendri de Lisa, les deux chevriers, eux, sirotaient le *patxaran,* délicieuse liqueur de prunelles sauvages macérées dans de l'alcool anisé, de couleur ambrée, que le vieil homme conservait précieusement pour les moments importants.

10

À partir de ce jour, plus rien ne fut pareil. Aussitôt ses amis partis, Gilles se rendit compte que sa vie venait de basculer. Était-ce dû à la visite de Nicolas ? À la rencontre avec Janie ? Ou tout simplement à la joie qui semblait se frayer un chemin dans sa vie ?

La distribution des chambres, la veille, avait été faite tard dans la nuit. On avait étiré le plaisir d'une soirée à l'extérieur, mais quand le feu et les petites laines n'avaient plus suffi à réchauffer les convives, il avait bien fallu mettre fin à la fête et rentrer. Les voisins avaient traversé le chemin bordé de grands chênes pour regagner leur domicile. On ne s'était pas couché immédiatement pour autant, chez Henri. Celui-ci avait tenu à ce que chacun prenne un autre verre, histoire de terminer son anniversaire en beauté. Gilles en avait profité pour poser sur la vieille table tournante, entretenue et réparée par son grand-père, un vinyle d'un autre âge rappelant les beaux jours des bals musettes de son village natal.

Le vieil homme n'avait pu résister à la tentation. Saisissant la main de Janie, il l'avait entraînée dans une petite valse. Malgré son âge, Henri n'avait perdu ni le pied, ni le rythme. Gilles avait raconté sa trajectoire de danseur à Nicolas.

— Ma grand-mère et lui allaient souvent danser. Quand il était jeune, il paraît que les filles s'alignaient pour avoir la chance de faire quelques pas avec lui ! Son carnet de bal était toujours plein, au grand dam de ma grand-mère. Il a même gagné un concours de valse juché sur un baril. Ça donne pas beaucoup de place pour bouger, ça !

Les deux garçons avaient admiré l'agilité avec laquelle Henri faisait tournoyer sa cavalière. C'était à la fois doux et bien maîtrisé. Aucune extravagance ni fioriture, seulement des pas qui glissaient en harmonie avec la musique. Mais quelle grâce ! quelle élégance ! Dans ses bras, Janie semblait ravie de ce bal improvisé. Les garçons étaient attendris devant le charme de ce tableau. Gilles avait pensé à cette chanson d'Aznavour où il était question de « danser joue contre joue » et à l'image qu'avait employée un jour son grand-père pour parler des couples de danseurs : « Il faut que ta partenaire se sente aussi à l'aise et en sécurité dans tes bras que si elle enfilait des pantoufles de fourrure ! »

Une fois la pièce musicale terminée, Henri avait reconduit sa cavalière à sa chaise, comme s'ils se trouvaient dans une guinguette, et lui avait fait le baisemain avant de prendre congé de la compagnie. Il avait vite pris le chemin de son lit, heureux de sa soirée, mais exténué.

Gilles avait laissé sa chambre à Janie, même si elle avait protesté, et les garçons, eux, avaient dormi plus ou moins confortablement sur le divan mou du salon, qu'ils avaient ouvert pour l'occasion. Ils avaient auparavant rangé la cuisine en jasant de tout et de rien.

Et c'est dans la cuisine, une fois de plus, qu'ils se retrouvèrent au réveil. Gilles fut étonné de ne pas y voir son grand-père, lui qui avait l'habitude de se lever à l'heure des poules. Après vérification dans la bergerie et le poulailler, il monta à sa chambre, pour constater que ce dernier, encore enfoui sous ses couvertures, dormait à poings fermés. Depuis qu'il logeait chez Henri, il ne lui était jamais arrivé d'avoir à le tirer du lit. Ça avait plutôt été l'inverse.

Une fois de retour dans la cuisine, il entendit le vieil homme ronfler à travers la porte de la chambre au deuxième étage, tandis que les lamentations des chèvres leur parvenaient par la porte moustiquaire donnant sur le jardin.

— À cette heure-là, ça fait longtemps que les filles sont libérées de leur lait et il est déjà rangé au frais. J'espère que Pachou n'est pas malade… En tout cas, pour ronfler comme ça, il est en vie ! déclara-t-il à ses copains.

— Trop de bonheur, ça fait parfois dormir tard ! énonça Janie en s'étirant.

Puis, la tête dans le frigo, elle demanda si l'un d'entre eux avait mangé une part du gâteau durant la nuit. Aucun des deux ne s'était levé, à part pour aller au petit coin.

— Il ne reste presque plus de gâteau au chocolat ! annonça-t-elle. Tout ce sucre, ça endort pas mal, aussi. Et la surprise, et le plaisir, et l'alcool, ça magane. Le Patcha... machin, là... Hum ! Délicieux, mais houlala ! Le mal de tête !

Les garçons avaient mieux supporté l'alcool de prunelles, semblait-il.

— Ça vient d'où, ce nom de Pachou ? s'informa Janie. C'est joli comme tout.

Gilles expliqua qu'en fait c'était le petit nom qu'on donnait au père, dans leur famille. C'était Machou pour la mère. Mais comme Henri et Marie avaient vécu avec lui quand il était enfant, il avait repris l'habitude de sa mère et s'était mis à appeler son grand-père Pachou.

— Comment tu vas faire pour les chèvres ? s'inquiéta soudain Nicolas. Après ce que j'ai vu hier, côté traite, il te reste du chemin à faire, non ?

Gilles réalisa qu'il devait prendre une décision.

— Euh... Le voisin. Je vais lui demander de nous dépanner. J'espère qu'il est libre, sinon les chèvres...

— ... vont faire du lait caillé ! conclut Nicolas en riant dans son café fumant.

Peu de temps après, ce matin-là, les invités quittèrent le rang des Vieux-Garçons, non sans regrets, laissant derrière eux le jeune homme et le plus vieux. Ils reprirent la route après un copieux petit déjeuner, ravis d'avoir participé à cette fête, heureux de savoir leur copain entre bonnes mains, comblés par la rencontre avec Henri et les voisins, et par leur court séjour à la campagne. Gilles avait la conviction que ses amis ne tarderaient pas à revenir.

Pour l'instant, Janie et Nicolas devaient impérativement retourner au travail. La jeune femme promit à Gilles d'expédier par autobus des surprises toutes plus chocolatées les unes que les autres, qu'elle confectionnerait à l'intention de son cavalier-le-seul-digne-de-ce-nom, à défaut de venir elle-même en faire la livraison.

Et Gilles se retrouva seul. Avec un gros dilemme : réveiller son grand-père pour les soins aux bêtes, ou encore lire à toute vitesse le livre sur les chèvres qu'Henri venait de recevoir en cadeau pour connaître les rudiments. Il opta pour appeler le voisin à la rescousse. Ce dernier accepta, au grand soulagement de Gilles, à la seule condition que celui-ci l'assiste dans sa tâche.

Le jeune homme se résolut, bien malgré lui, à enfiler des habits de travail et se rendit à la chèvrerie avec Patrick. Sur ordre du spécialiste, il passa à son sauveur des vaporisateurs, l'un rempli d'eau savonneuse et l'autre d'eau fraîche, des serviettes différentes pour chaque chèvre et finalement le seau en acier inoxydable. Après avoir fait monter la chèvre sur la table de traite, ce que celle-ci avait fait sans rechigner puisque cela lui donnait également droit au repas, il demanda l'aide de Gilles pour bloquer la tête de l'animal afin qu'elle ne bouge pas, tout en continuant à dévorer sa nourriture. Le jeune homme constata qu'une partie de l'attache était abîmée. Il se dit qu'il faudrait la réparer rapidement, sinon son grand-père aurait des problèmes de stabilité quand il reprendrait les soins quotidiens.

Constatant que Gilles ne semblait rien savoir des soins qu'il fallait apporter aux bêtes, Patrick lui indiqua où trouver les céréales déjà préparées. Puis il écarta le petit banc.

— Moi, je fais ce travail accroupi.

Il en profita pour joindre la parole au geste et expliquer à Gilles les étapes à suivre, puisque de toute évidence ce dernier n'y connaissait rien. Il brossa d'abord vigoureusement le dos, l'abdomen et le pis de la bête de façon à la débarrasser des poils et autres saletés qui pourraient tomber dans le lait. Puis il lava soigneusement le pis à l'eau savonneuse, le rinça à l'eau claire et l'essuya délicatement pour bien l'assécher.

— Traire une chèvre alors que les trayons sont trop mouillés ou trop secs, expliqua-t-il, ça irrite la peau et ça peut causer des gerçures.

Patrick commença ensuite à traire avec des gestes réguliers qui lui étaient familiers.

— Je rejette toujours les premiers jets, mentionna-t-il, soit au sol ou dans un autre seau. Comme ça, j'évite que le lait soit souillé par des impuretés.

Tout en l'observant dans sa tâche, Gilles voulut savoir où il avait appris.

— Avec ma grand-mère. Elle avait une relation tellement particulière avec ses bêtes ! J'ai voulu comprendre ce que c'était, ce lien. Je n'étais pas vieux, les premières fois. Au début, j'avais peur de leur faire mal. Puis, à force de pratique, j'y ai pris goût. Les chèvres aussi, semble-t-il.

Gilles put constater qu'effectivement Wendy – il reconnaissait maintenant les chèvres et pouvait les appeler par leur nom grâce aux couleurs différentes de leur pelage – y trouvait son compte.

— C'est bizarre, la façon dont tu verses le lait. Tu fais pas ça à l'envers ? questionna-t-il. J'avais l'impression que tu étais droitier...

Patrick éclata de rire.

— Oui, je sais... j'agis comme un gaucher. J'ai réalisé, lorsque j'ai eu mes propres chèvres, que je faisais exactement comme ma grand-mère. J'imitais sa posture, sa gestuelle. Ça doit être ça, la passation des savoirs jusque dans les moindres détails !

Toujours secondé par Gilles pour s'occuper des chèvres qui ne demandaient pas mieux que de se sustenter tout en se soulageant du poids du lait qu'elles portaient, Patrick lui parla du compagnonnage, cette organisation d'ouvriers et d'artisans français.

— Tu sais, à l'époque, les pères envoyaient leurs fils apprendre le métier auprès de maîtres compagnons avant qu'ils reviennent l'exercer pour la famille. Ils leur donnaient un bâton de marcheur et ils partaient assez jeunes, autour de treize ou quatorze ans, faire ce tour de France qui durait parfois plusieurs années. Ils se rendaient d'atelier en atelier ou de chantier en chantier pour faire leurs classes et parfaire leurs connaissances. Ils se présentaient auprès de divers maîtres ou patrons, qui allaient leur apprendre les rudiments du métier… souvent à la dure.

Gilles était tout ouïe. Patrick lui raconta que ces apprentis, tout en s'initiant au b.a.-ba d'un métier, apprenaient également la fraternité, l'entraide et l'amour de « la belle ouvrage ». Gilles se rappela avoir entendu Pachou employer cette expression avec sa mère au sujet de la réfection du grand foyer. Le voisin chevrier continua sur sa lancée.

— Aujourd'hui, on appelle ça un stage professionnel. Et le maître ne laissait pas partir le jeune tant qu'il n'avait pas terminé sa formation. Les maîtres gravaient le signe distinctif de leur maison sur le bâton de l'apprenti pour authentifier son passage chez eux et confirmer son savoir-faire.

Gilles voulut connaître les types de métiers qu'on retrouvait chez les compagnons.

— Des tonnes ! Des métiers nobles qui se perdent malheureusement de nos jours ou qui se font rares.

Il nomma les charpentiers, les chaudronniers, les tailleurs de pierre, les tapissiers, les tonneliers, les ébénistes et les serruriers.

— On trouvait également des boulangers, des forgerons, des maçons qui parcouraient les routes de France pour aller apprendre. Ça prenait une force de caractère et une volonté à toute épreuve. Et partout où ils allaient, ils trouvaient un maître qualifié et une maison de compagnons pour les accueillir.

Devant l'intérêt évident de Gilles pour la chose, Patrick lui proposa de venir emprunter un livre sur le compagnonnage qu'il avait dans sa bibliothèque. Il insista sur le fait que plus les apprentis changeaient de formateurs et parcouraient de kilomètres, plus ils choisissaient des cultures différentes, plus ils maîtrisaient au final leur métier.

— On ne s'en sort pas. C'est comme ça qu'il faut apprendre. Toi, c'est un peu ça que tu faisais quand tu pouvais voyager, non ? s'informa-t-il.

— Oui, si on veut. Mais l'apprentissage, c'est plus tellement comme ça de nos jours, glissa Gilles. Et les enfants ne font plus nécessairement le même métier que leurs parents. C'est assez rare, même. J'ai aucun copain qui suit les traces de son père ou de sa mère.

— L'industrialisation a transformé la formation. Mais l'ouverture sur le monde et les autres, ça, ça reste. Heureusement. C'est ça qui nous fait progresser et grandir.

— Ce sont les syndicats qui ont remplacé le compagnonnage ? demanda le jeune homme.

Patrick sourit devant sa naïveté.

— Oui, on pourrait dire ça… se sentit obligé de répondre le voisin. Si on suppose qu'ils protègent les ouvriers et les artisans. Mais cet apprentissage de main à main, cet accompagnement, c'est quelque chose d'unique au monde. Viens chercher le livre, tu vas voir que ton syndicat et le compagnonnage, c'est finalement assez différent.

Il avait terminé son travail. Il se redressa tout en prenant soin de ne pas renverser le seau contenant le lait.

— On est chanceux, nous, ajouta-t-il. Même si on n'a pas été compagnons, moi, j'ai eu ma grand-mère pour me guider, et toi, tu as ton grand-père. Comme tu l'as dit, c'est rare ! Viens, on va les mettre dehors, dit-il tout en lui indiquant de se placer à l'entrée de la chèvrerie, d'ouvrir toute grande la porte et d'inciter les chèvres à le suivre.

D'abord un brin malhabile, Gilles les poussa vers la sortie en évitant les cornes, se sentant quelque peu bousculé. Elles s'exécutèrent sans demander leur reste, trop contentes de se retrouver à l'extérieur. Le jeune homme fut étonné de leur obéissance.

Et avant de quitter les lieux, après s'être assuré que la barrière était bien fermée – « Il faut faire gaffe, les chèvres ont tendance à toujours vouloir prendre la poudre d'escampette, c'est leur jeu préféré » –, Patrick donna un dernier conseil à Gilles en même temps qu'il lui remettait le seau de lait.

— Essaie d'en apprendre le plus possible auprès d'Henri, il ne sera pas toujours là.

Gilles acquiesça. Il avait conscience que Patrick avait raison et que le temps passé auprès de ces deux chevriers d'expérience était inestimable. Avant de prendre congé, il le remercia pour son aide précieuse.

— N'oublie pas de passer le lait au chinois avant de le réfrigérer. Tu devrais aller voir comment se porte le mousquetaire encore au lit.

Lorsqu'il regagna la maison son seau à la main et les serviettes souillées sous le bras, Gilles trouva son grand-père concentré sur un objet qu'il avait déposé sur la table de la cuisine. Henri le salua d'une voix ferme et joyeuse.

— Bon matin, Perrette !

— Perrette ? C'est qui, celle-là ? demanda Gilles.

— Voyons ! Les fables de La Fontaine ? « Perrette et le pot au lait »...

Il taquina sa mémoire.

— Euh... « Perrette, sur sa tête ayant un Pot au lait, Bien posé sur un coussinet... bla, bla bla, bla bla bla... », le reste, je ne m'en souviens pas. Tu me fais penser à ça avec ton seau ! N'oublie pas de filtrer le lait...

— Oui, je sais, le coupa aussitôt Gilles.

Il entonna la suite comme s'il récitait une leçon.

— ... avec le chinois ou du coton à fromage pour filtrer les impuretés qui pourraient se retrouver dans le lait.

Le vieil homme apprécia ce qu'il entendait.

— T'as fait ça tout seul ? s'informa-t-il.

Gilles hésita une fraction de seconde avant de répondre.

— Euh ! Presque. Patrick m'a donné un coup de main. Au fait, une des sangles de contention en caoutchouc est éventrée. Je vais te la remplacer.

Le jeune homme n'aperçut pas le sourire en coin qui s'était dessiné sur la bouche de son grand-père. Ce dernier retourna à sa préoccupation première. Gilles s'approcha de la table et découvrit qu'il était en train de démonter son cadeau. Il s'acharnait sur le nouveau grille-pain à l'aide de fines pinces et récupérait toutes les minuscules pièces. Gilles comprit qu'il comptait s'en servir pour réparer l'ancien.

Il s'éloigna en secouant la tête. C'était fou comme son grand-père était têtu. Ça aurait été si facile de simplement brancher le grille-pain neuf ! Mais non !

Avant de se mettre aux nouvelles tâches qui consistaient à tamiser le lait, à le ranger au réfrigérateur et à laver les serviettes, il se fit un petit expresso.

— Pachou ? Un café ? demanda-t-il à son grand-père.

— Pourquoi pas ? répondit ce dernier. Avec un morceau de gâteau, ça serait pas pire, ça !

Gilles soupira en ouvrant la porte du réfrigérateur.

— Tu vas finir par faire un coma diabétique !

11

Dans les jours qui suivirent, au grand soulagement de Gilles, la vie reprit son cours normal. Henri avait retrouvé son rythme habituel : lever tôt, petit déjeuner et soins aux animaux. La seule chose qu'il faisait d'inhabituel, c'était passer de longues heures, assis sur un banc, à lire au soleil. Le ballon orange répandait de plus en plus de chaleur, et la nature comme les hommes s'en trouvaient bien heureux. Parfois, le vieil homme déclamait à haute voix quelques passages. À d'autres moments, il redevenait le taiseux qu'il avait toujours été, penché sur son livre.

Henri n'était pas le seul à agir de façon singulière. Le hasard lui permit d'en avoir la preuve.

Un après-midi, il surprit Gilles dans la chèvrerie. Il resta tapi dans un coin et observa ce dernier sans faire de bruit. Son petit-fils avait suspendu le gant de caoutchouc rempli d'eau à une poutre et il s'exerçait à en extirper le liquide. Henri songea que Gilles et lui, chacun à sa façon, appréciaient leurs cadeaux et s'amusaient ferme avec leurs nouveaux jouets !

Gilles se mit à accompagner son grand-père, matin et soir, refaisant les gestes enseignés par Patrick quelque temps auparavant. Il connaissait maintenant l'emplacement de chaque objet utile à la traite : les pulvérisateurs, les serviettes propres, le seau et les granules pour les bêtes, dont il savait également la dose exacte. Il se sentait de plus en plus proche des bêtes, qu'il prenait le temps de caresser au passage. Ces dernières semblaient apprécier ce changement.

— Elles sont *jouettes* avec toi, lui dit un matin Henri.

Gilles, se sentant comme pris en flagrant délit, enchaîna sur autre chose.

— Est-ce que tu viens au village avec moi cet après-midi ? Tu as un paquet qui doit arriver par le bus de 16 heures.

— Cho-co-lat ! prononça Henri de façon gourmande, comme s'il en savourait déjà tous les délices. Cette Janie ! Quel petit cœur ! Tu crois qu'elle accepterait de m'épouser ?

Gilles, un peu désarçonné par cette question, ne sut quoi répondre.

— Euh… si c'est juste pour qu'elle devienne ton *pusher* de chocolat, vous êtes pas obligés de vous marier. C'est déjà fait.

Henri fit descendre Heidi de la table de traite et demanda à Gilles de lui amener Fanny. Une fois qu'elle fut installée, le vieil homme se leva de son banc, non sans efforts.

— Bon ! Je vais aller me préparer. Je ne suis pas sûr que crottes de chèvre et chocolat fassent bon ménage !

Gilles eut beau protester que la traite n'était pas terminée, que deux chèvres attendaient encore leur tour, rien n'y fit. Le vieil homme n'en fit qu'à sa tête et sortit de la chèvrerie, laissant son petit-fils se débrouiller. La première réaction de ce dernier fut de donner un violent coup de pied dans le seau. Il se retint à temps. Il n'allait pas gaspiller tout ce lait. Pas de lait signifiait pas de ce fromage auquel il commençait à devenir accro.

Tout à sa colère, Gilles ne se rendit pas compte qu'Henri était réapparu quelques instants après son départ à l'extérieur de la chèvrerie, dans l'encadrement d'une fenêtre passablement sale qui permettait de camoufler sa présence, sans l'empêcher d'épier l'intérieur. Il tenait à voir comment Gilles s'en sortirait, prêt à intervenir si les choses tournaient mal. Le vieil homme ne voulait absolument pas que les chèvres pâtissent de son absence. Il appuya sa joue contre la vitre et observa la scène.

Gilles s'assit à son tour sur le tabouret en pestant. Il se releva aussitôt, écartant le siège. Henri lui avait indiqué que lui pouvait très bien traire debout ou accroupi, puisque les chèvres installées sur la table de traite se trouvaient à sa hauteur. « Quand t'as plus de genoux et que t'es vieux, ça prend un tabouret », lui avait-il mentionné.

Gilles se calma en voyant que Fanny commençait à s'agiter. Il versa sa ration de granules dans le bol, l'encouragea à manger, puis entreprit de faire les gestes que lui avait enseignés Patrick récemment, les mêmes qu'exécutait chaque jour son grand-père. Il flatta la bête tout en la suppliant de rester tranquille. Patrick lui avait appris que la plupart des chevriers entravaient leurs bêtes, mais ce dernier et Henri ne mettaient aucune sangle aux pattes des demoiselles. Ils tenaient pour acquis que, puisqu'elles étaient fort occupées à manger, elles ne bougeraient pas trop lors de la traite.

— Aide-moi, ma belle, sinon on ne s'en sortira pas.

Après le lavage et le séchage des pis, il prit une grande inspiration et commença à traire la chèvre. Rien ne vint. Il avait beau presser délicatement le trayon contre sa paume, appuyer sur le pis bombé à l'aide du creux de son pouce et de son index, refermer lentement les trois autres doigts, en commençant par le majeur, comme il l'avait fait tant de fois avec le faux trayon en caoutchouc, aucune goutte de lait ne sortait. La sueur coulait dans son dos et sur son front, ses mâchoires se serrèrent sur un grognement de frustration.

— C'est pas si compliqué, bordel !

Pour toute réponse, les chèvres émirent à l'unisson un long bêlement. Ce qui eut pour résultat de faire rire le jeune homme et de le détendre.

— OK, ça va, les filles ! On recommence.

Il s'épongea le front à l'aide de sa manche de chemise, releva ses cheveux et replaça ses mains sur les trayons après les avoir de nouveau lavées. Il les avait gardées un peu humides. Trop sèches, elles ne glissaient pas bien, lui avait appris Patrick, et ça pouvait déranger la bête.

Après plusieurs tentatives, le miracle eut lieu. Le lait se mit à couler régulièrement dans le seau. Gilles en fut à la fois étonné et enthousiaste. Un éclat de rire s'échappait de sa gorge à chaque jet qui sortait du trayon et tombait dans le seau. La première chèvre ne semblait pas tout à fait à l'aise, mais elle demeurait docile, et surtout elle ne renversa pas le seau ou, ce qui aurait été pire, elle ne posa pas le sabot dedans, ce qu'on appelait dans le jargon « saboter le lait ». Il avait glané cette information dans le livre qu'Henri avait reçu en cadeau et qu'il avait consulté en catimini, histoire de parfaire son apprentissage.

Le vieil homme, toujours dans sa cachette, constata avec plaisir que son petit-fils avait bien appris les leçons de Patrick : il n'oublia pas, à la fin de la traite, d'appliquer sur le bout du trayon un baume antiseptique naturel à base d'huile de calendula et de miel. Lorsque Gilles fit monter la dernière chèvre sur la table de traite, il se sauva furtivement, fort excité, en murmurant :

— Cho-co-lat ! Cho-co-lat !

12

Gilles sortit du bureau du docteur Lamoureux assez perturbé par sa visite. Il était accompagné de son grand-père, qui souhaitait aller manger une bouchée au village avant de reprendre le chemin de la maison. Au dire de Vincent, Henri ne montrait pas de problèmes de santé inquiétants, mais son petit-fils n'était pas rassuré pour autant.

Sa pression était bonne, mais parfois basse. Le cœur ne montrait aucun signe de faiblesse. Les analyses de sang ne dévoilaient rien d'alarmant, le foie était un brin engorgé – tiens donc ! avait soupiré Gilles, se promettant bien de soumettre son grand-père à un régime sans huile de friture, et pourquoi pas de réduire sa consommation de sucre, tant qu'à y être. Mais comme le résumait le docteur Lamoureux, un peu de chocolat, c'est bon pour la santé.

— Un peu, oui. Mais trop de chocolat, c'est quoi ? avait questionné Gilles, s'adressant au médecin.

C'est Henri qui avait répliqué à sa place.

— Trop ? C'est encore meilleur !

Le médecin avait ri de la riposte de son patient et ami.

— Laisse-le donc manger ce qui lui plaît, était intervenu le professionnel. Ce n'est pas ça qui va le faire mourir.

Gilles s'était rendu compte qu'en fait ces deux-là s'entendaient à merveille et que le seul à s'en faire pour la santé de son grand-père, c'était lui.

Quelques années auparavant, c'était le docteur Lamoureux qui avait accompagné Marie avec compassion et générosité tout au long de sa maladie et jusqu'à son dernier souffle. Il s'était pris d'amitié pour ces deux patients venus des Vieux Pays qui échangeaient avec lui de l'information sur les produits homéopathiques, des recettes de plats de leur coin de pays et des lectures inspirantes, lors de leurs visites. Le vieil homme, pour remercier son médecin de tant d'attention, l'avait initié au piment d'Espelette. Ce dernier avait pris goût à cette épice du Pays basque qu'Henri ne manquait pas de lui fournir à chaque nouvelle consultation. Ce dernier allait même en porter à son bureau lorsqu'il n'avait pas de rendez-vous. Le docteur Lamoureux en traînait partout avec lui. Si bien qu'au moment exact du décès de Marie, alors qu'il se trouvait en vacances à l'extérieur du pays, il avait tâté la fiole de piment d'Espelette dans sa poche. Cette coïncidence avait beaucoup rapproché les deux hommes, qui s'appréciaient déjà.

Le docteur Lamoureux avait quand même tenté de calmer les craintes de Gilles au moment où son patient s'était excusé pour aller au petit coin.

— Ton grand-père ne souffre que d'une chose : le vieil âge. Et en fait, il n'est pas vieux, cet homme. Il bouge, il vit au grand air, il a toute sa tête, il se nourrit bien, il dort suffisamment. En plus, il s'active comme personne, continue de se cultiver, se débrouille mieux que la plupart des gens de son âge. Que demander de plus ? Bien sûr, il n'est plus aussi autonome qu'avant, il se fatigue plus rapidement. Il continue d'avancer... plus lentement.

— Et parfois il tombe, ajouta Gilles.

— Effectivement. Les chutes font partie du vieillissement. Il faut juste faire le maximum pour les éviter.

Décidément ! Le pharmacien et le médecin du village tenaient le même discours. À croire qu'ils s'étaient consultés. Ce qui était le cas. Bien malgré lui, le jeune homme se tourmentait au sujet de la santé de son grand-père.

L'homme en blouse blanche avait mis sa main sur l'épaule de Gilles.

— Fais-lui confiance. Il est tellement heureux que tu vives avec lui.

Il avait ajouté que parfois le fait d'être présent pour quelqu'un nous rendait heureux aussi. Gilles avait soupiré en quittant le bureau, avec cette étrange prescription en tête.

Cet après-midi-là, Gilles se demanda si son bonheur se trouvait vraiment dans sa vie avec son grand-père, ce vieil homme qui n'arrêtait pas de lui tendre des perches, des livres, des connaissances. Est-ce qu'Henri appliquait la fusion apprenti et maître compagnon, comme l'avait suggéré le voisin ? Ce sentiment de bien-être évoqué par le docteur Lamoureux n'était-il pas plutôt dû à la vie à la campagne ? au grand air ? à cet après-confinement qui remettait tout en question ? qui chamboulait toutes les habitudes de la vie d'avant ? ou encore à l'ensemble de ces possibilités nouvelles pour une vie différente, voire meilleure ?

Comme Gilles n'avait pas réponse à toutes ces questions, il décida de se concentrer, pour l'instant, sur les urgences. Et elles étaient nombreuses.

Après avoir cassé la croûte, les deux hommes allèrent s'approvisionner en granules pour les chèvres et en moulée pour les poules. Les réserves des filles, comme Gilles avait pris l'habitude de nommer les bêtes, diminuaient à vue d'œil. Il fallait également des pieux, des planches et des barbelés pour consolider la clôture autour de l'enclos extérieur des chèvres, qui semblaient vouloir tout arracher.

Tandis qu'Henri passait sa commande, Gilles en profita pour interroger un spécialiste au sujet d'un projet qu'il caressait. Ayant obtenu des réponses, qu'il avait notées dans un carnet, il aida le commis à déposer leurs achats dans la boîte du vieux camion à la carrosserie trouée, à la suspension défectueuse tant il était usé, et qui ne servait qu'au transport de matériaux lourds. Et ils reprirent la route vers la maison.

Henri semblait un peu absent. Il sifflotait, regardait le ciel, se perdait dans ses pensées, puis s'acharnait sur les boutons de la radio afin de trouver un poste qui ferait jouer de la musique digne de ce nom. Gilles, pour sa part, se concentrait sur la guimbarde et ses grincements insupportables, en espérant qu'elle tiendrait le coup, malgré son usure. Les deux hommes se faisaient secouer dans tous les sens puisque Gilles devait louvoyer entre les multiples trous qui ornaient les routes de terre battue, malmenées par un long hiver.

À leur arrivée, Patrick les attendait devant la maison. Henri et Gilles s'étonnèrent de le trouver là. Ils comprirent rapidement que les matériaux de réfection de la clôture serviraient plus vite que prévu.

— J'ai trouvé trois de tes chèvres sur la route pendant que vous étiez partis, dit-il à Henri. Je les ai rentrées dans la chèvrerie. Elles n'étaient pas contentes.

Les trois hommes se rendirent vérifier *de visu* l'état de l'enclos. Effectivement, les chèvres avaient complètement détruit la clôture.

— Les petites ont besoin de « s'épivarder ». J'adore ce mot québécois, ajouta Henri, le sourire aux lèvres. Le printemps, c'est un appel à la liberté !

Après avoir consulté Patrick du regard en faisant des signes entendus vers son petit-fils, il proposa à

Gilles d'aller promener les chèvres tandis que son voisin et lui feraient les réparations.

— On n'a pas besoin d'être trois pour ça, hein, Patrick ? À deux, on devrait y arriver, non ? demanda-t-il à son voisin avec un regard entendu. Et les chèvres doivent prendre l'air.

— J'ai tout mon après-midi, répliqua ce dernier.

Un vent de panique secoua le jeune homme.

— Mais… euh… J'ai jamais fait ça ! Si elles se sauvent ? s'inquiéta Gilles, pas très rassuré devant cette responsabilité qu'il ne se sentait pas capable d'assumer.

— Elles t'écoutent de plus en plus, le rassura Henri. Et tu ne vas pas loin. Les pâturages sont à côté. Tu traverses la rivière, tu les emmènes paître de l'autre côté.

— Mais je fais quoi si…

Patrick tenta à son tour de calmer ses craintes.

— Tu les surveilles bien. Tu restes à l'écoute. Elles ont leur cloche, tu peux les suivre à la trace, tu ne risques pas de les perdre, elles ne sont pas si nombreuses. S'il y en a une qui s'éloigne trop, tu la ramènes vers les autres. C'est toi le *boss*.

Henri ajouta, pour rassurer Gilles, qu'il pourrait également emmener Guapa ; la chienne saurait l'aider à diriger le troupeau.

Les deux hommes retournèrent vers le camion pour décharger les matériaux, laissant Gilles se débrouiller avec sa nouvelle mission. Le jeune homme n'en menait pas large. Son cœur battait la chamade, ses mains étaient moites. Il serrait les dents.

Promener des chèvres, il n'avait jamais fait ça ! Son grand-père, lui, était un habitué. « Une chèvre, se lamenta-t-il, c'est pas comme un chien ! Ça obéit pas au doigt et à l'œil. Ce n'est pas la meilleure amie de l'homme ! Pas la mienne, en tout cas ! » Il proféra quelques jurons tout en se rendant à la chèvrerie. Lorsqu'il ressortit, accompagné de son troupeau, les deux hommes étaient déjà à l'œuvre. Ils enlevaient les pans de clôture brisés. Gilles eut l'impression de les entendre ricaner dans son dos lorsqu'il s'éloigna vers les prés.

Il ne lui restait plus qu'à espérer que, malgré les longs mois d'hiver, les petites se souviennent encore du chemin à prendre. Leurs dernières promenades dataient de l'automne dernier, lorsque Henri les guidait.

À son grand étonnement, les chèvres se comportèrent assez bien pendant la traversée. Au début, il était très nerveux. La moindre incartade des filles à l'extérieur du sentier l'inquiétait. Tout ce qu'il voulait, c'était se rendre au pré. Après ça, il avait l'impression qu'il pourrait mieux gérer la situation. La question première était de savoir s'il devait se tenir à l'avant ou à l'arrière du troupeau. Après avoir réfléchi quelques instants, il réalisa qu'il contrôlerait mieux les chèvres s'il était devant, leur montrant l'exemple, les incitant constamment à le suivre. Autrement, elles risquaient d'aller n'importe où et il aurait à les poursuivre pour les rattraper. Il s'en voulait amèrement de ne pas avoir suivi le conseil d'Henri au sujet de Guapa. Il s'était dit qu'il en aurait sûrement assez avec les chèvres, alors un chien en plus, ça faisait beaucoup trop de bêtes à gérer. Le cours Chèvres 101 se poursuivait, sur le terrain.

Il prit une voix assurée, les nomma par leurs noms, leur commandant d'avancer à sa suite. Une fois le ruisseau franchi, ils prirent le chemin étroit, tout le monde à la queue leu leu. Il s'était rappelé que, chez les chèvres, il y en a toujours une qui prend la tête, qui mène le troupeau. Les enseignements d'Henri refaisaient surface. Gilles se tenait près de Wendy, qui semblait connaître son chemin par cœur. Elle avançait droit devant, et les autres suivaient. Il aurait applaudi à cet exploit s'il ne s'était pas senti aussi ridicule.

— Ça marche !

Lorsque Gilles se retrouva en plein pâturage, un petit vent frais fit bouger ses cheveux. Il eut un frisson. Il n'avait pas froid, il était seulement bien. Ça ne lui était pas arrivé depuis longtemps, cette sensation de bien-être. Il soupira d'aise. Quelque chose venait de se produire en lui. Quelque chose qu'il n'arrivait pas encore à nommer, mais c'était doux et tellement agréable. Il dégusta le moment tout en respirant profondément. Il se surprit même à sourire, tout en observant les alentours. La robe verte habillait entièrement les branches des arbres. « Ce petit vert tendre, lui avait fait remarquer son Pachou, c'est comme les primeurs sur les marchés, aux premiers jours du printemps, ça disparaît vite ! Faut en profiter. » On aurait dit que les yeux du jeune homme venaient de s'ouvrir. Il aurait pris tout le paysage dans ses bras tant il était content d'être là. Et quel paysage ! Ces prés, qu'il connaissait pour y avoir aidé son grand-père à faire les foins quand il était plus jeune, mais auxquels il n'avait jamais vraiment prêté attention, consistaient en deux énormes espaces cernés par des arbres matures. Deux grandes tables, à ciel ouvert, où les chèvres pouvaient déguster le foin à toute heure du jour.

— Wow ! s'écria-t-il spontanément.

À l'unisson, les chèvres levèrent la tête dans sa direction et, constatant qu'il n'y avait rien d'important ou d'excitant pour elles, elles retournèrent illico à leur collation.

Gilles profita de l'air, du soleil, de ce tableau bucolique que lui offraient les filles en train de brouter. Il restait tout de même sur ses gardes. Elles étaient *jouettes,* comme disait son grand-père : on pouvait s'attendre, à tout moment, à une incartade de leur part. S'il fallait qu'il en perde une, ou pire, qu'une d'entre elles se blesse ! Son grand-père ne le lui pardonnerait pas. Il consulta sa montre et réalisa qu'il avait passé plusieurs heures à flâner. Il était temps de rentrer. Il réunit les filles et amorça le retour.

Wendy reprit la tête. Mais une fois arrivées au bout du pré, là où se trouvaient les cerisiers, certaines chèvres décidèrent de faire l'école buissonnière. Gilles n'arrivait plus à les contrôler. Wendy continuait sur sa lancée, tandis que les chevreaux faisaient du surplace. À son grand étonnement, Gilles vit Loky et Fanny, les deux plus jeunes, debout sur leurs pattes arrière, qui tentaient d'atteindre avec leurs museaux les branches les plus hautes, même si les futures cerises n'étaient, pour le moment, que de jolies fleurs roses. Il courut vers elles, sommant les deux délinquantes de reprendre le chemin de la maison. Il assuma son rôle de gardien de chèvres en élevant la voix. Il y mit un peu de chaleur pour ne pas les effrayer, mais tint son bout. Elles finirent par obtempérer. Une fois les rebelles rentrées dans le rang, il s'assura que tout son petit monde suivait. Ils retraversèrent sans encombre le ruisseau, où elles prirent tout de même le temps de se désaltérer, puis ils arrivèrent sur la propriété, au grand soulagement de Gilles.

Henri et Patrick avaient bien travaillé. Ils étaient toujours dans l'enclos, maintenant rafistolé, et ramassaient les outils. Levant la tête au son des cloches, le vieil homme courut vers la porte nouvellement réparée et l'ouvrit toute grande, tel un Monsieur Loyal accueillant les bêtes sur la piste.

Le plus sérieusement du monde, il se mit à compter les chèvres, exagérant l'exercice. Il donna l'impression qu'il en manquait une, puis une autre, refaisant son calcul à répétition.

— Formidable ! Elles y sont toutes ! T'en as perdu aucune ?

Autrefois, c'étaient des touristes que le jeune homme guidait. Il se fit la réflexion que lui aussi s'arrangeait pour qu'à la sortie d'un site aucun ne manque à l'appel.

Patrick et Henri s'approchèrent de Gilles et lui tapotèrent le dos en riant aux éclats devant ce fait d'armes. De bonne grâce, le jeune homme les accompagna.

— Fatigué ? demanda Henriquet.

— Mets-en, rétorqua Gilles en soupirant.

— Une petite bière ? proposa le voisin.

— Oh oui !

Les trois hommes se dirigèrent vers la terrasse.

Gilles se retourna soudain vers le nouvel enclos et il entonna d'une voix sans appel, dans laquelle on pouvait sentir une grande fatigue mêlée à une certaine frustration :

— Que j'en voie une ruer dans les brancards, pis tout casser ! Je l'assomme !

Comme si elles avaient retenu l'avertissement, elles bêlèrent à l'unisson, ce qui fit rire de nouveau le trio.

13

Les deux hommes alternèrent les corvées, dans les jours suivants, bien que l'humeur d'Henri ne fût pas toujours au beau fixe. Il était particulièrement irascible, passant facilement de l'euphorie à la frustration, s'impatientant pour des riens – alors que Gilles l'avait toujours connu si constant –, ou alors s'amusant à des occupations avec la fébrilité d'un petit enfant devant un nouveau jouet. Jouet qu'il risquait de casser en mille miettes s'il ne lui donnait pas le plaisir attendu. Gilles le trouvait difficile à vivre. Son grand-père continuait ses tâches, cuisinait à l'occasion, s'adonnait toujours à la lecture, mais il était devenu imprévisible. Sa patience proverbiale l'avait, semblait-il, déserté.

Le jeune homme ne s'éloignait de lui que pour aller promener les chèvres, les jours sans pluie – elles détestaient l'eau sur leur pelage, alors qu'elles adoraient la neige. Gilles prenait de plus en plus de plaisir à cette proximité avec les bêtes, et il se rendait compte qu'elles étaient de plus en plus faciles à traire.

Il profitait de ce temps d'évasion pour travailler les croquis d'un projet qu'il avait en tête et dont il voulait faire la surprise à Henri. Il s'asseyait sur une roche plate, son cahier sur les genoux, tout en surveillant les filles à distance. Il revoyait les dimensions, refaisait des calculs, redessinait son plan. Certains jours, il profitait plutôt de son temps de liberté dans le pré pour se plonger dans la lecture d'un roman. Il n'avait pas tenu un livre depuis belle lurette, plutôt habitué depuis l'enfance aux plateformes électroniques.

Henri lui avait mis dans les mains, presque de force, les romans de Jean Diwo, où l'auteur relatait avec un grand talent la tradition du compagnonnage.

— C'est bien beau, les livres techniques, pour apprendre, avait-il dit. Cette lecture-là, c'est surtout avec sa tête qu'on la fait. Mais on peut tout aussi bien découvrir l'Histoire avec un grand H dans des romans. Là, c'est au tour du cœur d'apprendre.

Gilles avait enfilé l'un à la suite de l'autre les trois romans de ce célèbre journaliste qui avait délaissé son métier premier pour écrire une saga formidable débutant à la fin du XVe siècle et s'achevant à la veille de la Révolution française. Le jeune homme avait dévoré, avec appétit et grande joie, les aventures rocambolesques de Jean Cottion, jeune apprenti menuisier, ainsi que de tous ses compatriotes et de sa *Familia Grande* dans *Les Dames du Faubourg*, *Le Lit d'acajou* et *Le Génie de la Bastille.* Chacun de ces romans, follement bien documenté et mettant en scène des personnages savoureux comme des intrigues passionnantes, avait réussi à le captiver.

Mais ces lectures n'empêchaient pas Gilles de garder un œil vigilant sur son grand-père. Un soir, à l'heure des informations internationales, il le trouva prostré devant le téléviseur, à pester et à appuyer avec force sur tous les boutons de la télécommande. Il était passé 18 h 30 et Gilles crut que son grand-père n'arrivait pas à syntoniser la chaîne française qui diffusait le journal télévisé que le vieil homme écoutait religieusement depuis des années. Il écoutait d'abord les nouvelles de son pays d'adoption à 18 heures, puis celles de sa *douce France, cher pays de son enfance.*

— Pachou ? Qu'est-ce qui se passe ? s'informa Gilles.

— Elle n'est pas là !

— Qui ça ?

Il regarda l'écran.

— La présentatrice ? Ce n'est pas toujours elle qui anime. Des fois, c'est le beau gars, là... avec les cheveux en pétard...

— Non, non ! Pas Laurent Delahousse ! s'entêta Henriquet. Elle ! La belle Tiphaine !

— C'est qui, celle-là ? demanda Gilles, ne sachant absolument pas à qui il faisait référence.

— Tiphaine ! Tiphaine de Tricornot ! Elle est toujours là, d'habitude. Elle fait des reportages.

— Elle a peut-être changé de chaîne, ou elle est en congé... Je sais pas, moi, s'impatienta Gilles.

Henri n'en démordait pas. Il voulait cette Tiphaine, là, maintenant, à l'écran. Le ton montait.

— On pourrait faire une alerte à la personne disparue, suggéra Gilles avec ironie. Mettre sa photo sur une pinte de lait…

Pour mettre fin à l'impatience de son grand-père, il prit sa tablette et chercha des renseignements sur cette personne qui semblait le subjuguer. Il en trouva. Tiphaine de Tricornot, une blonde assez mignonne, était journaliste et collaborait régulièrement au journal télévisé. Mais pas aussi souvent qu'Henri l'aurait souhaité, semblait-il.

— Ah ! Elle. Elle est pas mal… Tu la trouves jolie ? s'enquit Gilles tout en partageant avec lui sa photo et le résumé de sa carrière.

— Jolie… euh… Oui. Mais ce n'est pas ça le propos. C'est son nom qui est important.

Henri se mit à répéter en boucle le prénom et le nom de la jeune femme, comme s'il savourait un bonbon délicieux.

— Tu n'aimerais pas ça t'appeler de Tricornot ? C'est tellement joli. Et tellement particulier. C'est comme si son nom goûtait bon. Ti-phai-ne de-Tri-cor-not !

Si Gilles avait pris le temps, ce soir-là, de compter le nombre de fois que le nom de cette journaliste avait été prononcé, il aurait pu dire qu'il avait entendu son grand-père faire rouler ce nom dans sa bouche au moins des centaines et des centaines de fois.

« Bon ! se dit Gilles, v'là autre chose maintenant. En plus de la folie chocolat, nous voilà aux prises avec mademoiselle de Tricornot au nom qui goûte bon. On n'est pas sortis du bois ! »

14

Gilles suait à grosses gouttes. Le soleil et la chaleur s'étaient mis de la partie – on annonçait une canicule inhabituelle pour la saison – et faisaient de ce petit matin d'avril un de ceux que l'on aime déguster tranquillement, sachant que plus le jour avancerait, plus on serait exposé aux rayons chauds et à l'humidité. Mais le jeune homme n'en avait cure.

Dès l'ouverture du magasin de bois du village, il était allé se procurer tout ce dont il aurait besoin pour construire enfin ce qu'il avait en tête depuis des jours. Il avait terminé la veille le plan de son potager surélevé.

Il se devait d'être précis ; il n'avait pas droit à l'erreur. L'achat des matériaux – bois de bonne qualité, gros piquets, vis et clous, broche à poule – avait eu raison de son maigre pécule. En effet, le prix des matériaux de construction avait monté en flèche avec la pandémie. Étant au chômage et recevant peu d'argent, Gilles devait équilibrer au mieux son budget. Depuis que son grand-père l'hébergeait, il bénéficiait de nombreux avantages, puisque ce dernier ne lui réclamait aucun loyer, ni sa part des comptes courants. Gilles économisait le plus possible pour lui offrir quelques avantages en compensation. Ce potager à hauteur humaine permettrait à son grand-père de travailler debout, préservant ainsi ses genoux et son dos fatigués. Gilles avait longuement fouillé sur Internet en quête de conseils spécifiques pour ce type de construction. Une femme d'expérience lui avait fourni, sous forme de capsules amusantes, les recommandations les plus pertinentes. Le marchand de bois l'avait averti : une cliente de la région avait fait construire ce type de potager sans faire ses recherches. Deux jours après son assemblage, alors qu'elle arrosait copieusement son nouveau potager, la charpente s'était écroulée, bois et terre confondus. Gilles s'était promis de suivre à la lettre les conseils judicieux de son horticultrice. « Il faut se servir de sa jugeote, les amis, sinon tout va s'écrapoutir ! »

Au sortir de la chèvrerie, Henri s'approcha de l'espace où Gilles s'affairait. Il observa de son œil averti le chantier en devenir.

— Y en a, du matériel ! Tu fais quoi ?

— Je construis.

— Et ce sera quoi ?

En s'étirant le cou, le vieil homme essaya de lire les plans que Gilles avait dessinés et qui se trouvaient dans l'herbe. Ce dernier mit prestement le pied sur son cahier, le soustrayant à la curiosité d'Henri.

— Quelque chose qui va te plaire.

— C'est quoi ?

— Une surprise, conclut Gilles.

— Tu ne m'en diras pas plus ?

— Non, Henriquet.

— Tu es sûr ?

— Oui, Henriquet. Allez, ouste ! Du balai ! Tu m'empêches de travailler.

— OK, OK, avait obtempéré le vieil homme.

Il acceptait sans trop de mal de ne pas connaître le fin mot de ce branle-bas de combat, trop content de voir son petit-fils s'activer enfin à quelque chose d'utile.

Une fois son grand-père éloigné, Gilles vérifia, une fois de plus, la justesse de l'emplacement qu'il avait choisi pour le potager. Il fallait s'assurer qu'une grande quantité d'ensoleillement viendrait, au quotidien, alimenter les nouvelles pousses et favoriser leur épanouissement.

L'exercice entier lui prit des heures. Il planta d'abord en terre la dizaine de grands deux par quatre qui serviraient de colonnes et sur lesquelles il pourrait clouer les planches à l'horizontale. Ainsi formée, la structure en U permettait au jardinier de pénétrer dans le potager par une allée centrale et d'avoir accès aux plantes sur les parties latérales et au fond. Une porte, à l'opposé, fermerait le potager.

Une fois l'ensemble bien stabilisé, il installa à l'extérieur de la structure de grands pans de broche, retenus par des attaches solides fixées sur la partie supérieure des bacs de plantations. Il en ajouta même sur le dessus, où les fils de fer entrelacés faisaient office de toit et offraient une protection supplémentaire. Les nombreux chevreuils, de même que les ratons laveurs, moufettes et écureuils qui d'aventure auraient voulu se sustenter de courgettes, de tomates ou de laitues, s'en retourneraient bredouilles.

Comme le soleil déclinait rapidement, Gilles se dépêchait de terminer son ouvrage. Henri, qui avait soigné tout son petit monde dans la chèvrerie et le poulailler, avait fait mine de ne rien voir en retournant à la maison. Une fois à l'intérieur, il avait tout de même jeté des coups d'œil par la fenêtre, histoire d'assister à l'édification de son futur potager.

Il observa Gilles lors de ses multiples allers-retours sur le terrain, transportant dans la brouette tout ce dont il avait besoin. Sur la terre battue, celui-ci avait étendu de grands cartons qu'on lui avait permis de prendre dans la benne de récupération de la SAQ, le matin même. Il les avait imbibés d'une grande quantité d'eau. La suite lui prit un certain temps. Par-dessus ces derniers, il avait empilé toutes les branches mortes, les bûches et troncs d'arbres pourris qu'il avait trouvés autour de la maison et dont il fallait, de toute façon, se débarrasser. Il avait versé dessus des sacs entiers de feuilles mortes que son grand-père avait ramassées lors du ménage printanier. Cette partie constituée de bois mort et de feuilles empêcherait la structure de s'écrouler, au dire de l'horticultrice rigolote : « Y a du monde sans génie qui vont remplir toute cette partie-là de terre. Faut-tu être niaiseux ! Ça va t'être ben trop pésant. Faut alléger toute ça ! »

Gilles sua sang et eau, mais lorsque la lumière fut complètement disparue, il claqua la petite porte. Il ne lui resterait le lendemain qu'à y apposer une cordelette afin de s'assurer que personne ne reste coincé à l'intérieur du potager. Tout avait été bien pensé. Il était fier de lui.

Il alla chercher son grand-père pour lui faire découvrir, malgré la noirceur, sa surprise. Il lui prit le bras afin qu'il ne se prenne pas les pieds dans un obstacle et le guida à l'aide d'une grosse lampe de poche. Il lui fit faire le tour du propriétaire.

— Demain, on va pouvoir planter tes semis. Ceux qui ne risquent pas de geler. Et tu n'auras plus à te maganer les genoux.

Pour toute réponse, Henri passa sa main sur la tête de son Gillou. À cause du manque de lumière, ce dernier ne vit pas les yeux embués du vieil homme.

15

La semaine suivante, Henri fut très heureux d'entendre sur sa boîte vocale qu'il pourrait recueillir au dépanneur du village, qui servait également de gare d'autobus, un colis qui lui était adressé. Gilles reçut le même message sur son cellulaire. Le jeudi à 16 heures, la vieille voiture d'Henri se rangea près du dépanneur au moment pile où l'autobus en provenance de Montréal se stationnait. Les deux hommes se dirigèrent vers la soute à bagages où ils purent récupérer, parmi les sacs des voyageurs, les paquets qui leur étaient personnellement adressés. Ils s'éloignaient de l'autobus, les bras chargés d'envois plus volumineux qu'à l'accoutumée, lorsqu'une voix les interpella.

— Vous êtes sûrs de rien oublier ?

Gilles et Henri se retournèrent comme un seul homme. Janie se trouvait devant eux.

— Janie ? Qu'est-ce que tu fais là ? s'écria le jeune homme en revenant sur ses pas.

— Au moment de déposer les paquets à la gare, je me suis dit : pourquoi je n'irais pas les porter moi-même ?

Gilles l'embrassa affectueusement, ravi de la retrouver. Henri s'approcha à son tour.

— Tiphaine? Tiphaine de Tricornot?

— Non, Pachou. C'est Janie...

Cette dernière interrogea Gilles du regard. D'un signe de tête, il lui fit comprendre qu'il lui donnerait des explications plus tard.

— Voyons, Pachou. C'est notre Janie. Janie-les-gâteaux-au-chocolat!

Le vieil homme donna l'impression de revenir soudainement sur terre et l'embrassa avec enthousiasme, tout en faisant attention de ne pas trop secouer son colis, dont il connaissait le contenu.

— Vous allez être obligés de me prêter un pyjama, par exemple. Je n'ai rien avec moi. Et je dois repartir demain, travail oblige.

Une fois dans la voiture, elle raconta que la grande ville l'épuisait, surtout en cette saison. Elle avait envie de voir les nouvelles pousses et les arbres fruitiers en fleurs.

— Et puis, je vais pouvoir fêter ton anniversaire.

— C'est ton anniversaire! Quand ça? s'inquiéta Henriquet. Comment ça se fait que je ne sais pas ça? Personne ne me dit jamais rien.

— C'est... ben... c'est aujourd'hui.

— Oh! Encore une fête! s'écria le vieil homme en applaudissant l'événement à venir.

Janie put admirer le nouveau potager, qui, en plus d'avoir fière allure et d'être fort pratique, donnait, par ses semis déjà mis en terre, des signes de belles promesses. Les tomates cœur de bœuf et les tomates cerises, les radis, concombres, courgettes ainsi que les haricots extra-fins Piccini, quelques rangs de petits pois et une grande variété de laitues – romaine, frisée, feuille de chêne, radicchio, niçoise, roquette et mâche – se partageaient l'espace de plantation. Lors de la visite des nouvelles installations, Henri expliqua à Janie que les légumes racines reprendraient l'espace qu'ils occupaient dans le passé.

— Gilles a mis les légumes plus fragiles ici. On ne risque pas de se les faire *ebats*, ceux-là.

Janie fit signe à Gilles qu'elle ne comprenait pas.

— Adresse-toi au véritable Basque. Moi, je suis né ici et je connais deux, trois mots, c'est tout.

— Ça veut dire « voler » dans la langue *hiztegia*, la langue basque, traduisit Henri.

— Ça ne doit pas être facile à apprendre... mais c'est tellement chantant et joli !

Revenant aux légumes qui poussaient, Henri déclara que les bêtes tentées de faire du potager leur bar à salade allaient devoir se serrer la ceinture. Le vieil homme ne tarissait pas d'éloges au sujet du travail qu'avait accompli son petit-fils. Il était heureux et fier de sa nouvelle installation.

Le soir, ils festoyèrent tous les trois sur la terrasse. Gilles avait reçu comme présent de la part de son ami chef un souper d'anniversaire digne des grands restaurants. Nicolas était convaincu que ses délices raviraient les papilles du récipiendaire. Ayant vécu avec lui assez longtemps, il connaissait bien ses goûts : artichauts vinaigrette, poulet de Cornouailles farci à la semoule, aux poivrons rouges, aux amandes grillées et au cumin, salade de roquette et, pour couronner le tout, Janie avait confectionné un noisetier délicieux.

— Comment tu as su que j'étais plus noisette et caramel que chocolat ?

— Nicolas.

Au moment de déguster l'inévitable *patxaran*, Henri s'avança vers la table, tenant dans ses mains un paquet d'une forme étonnante, tout aussi singulièrement emballé.

Le vieil homme s'était donné du mal pour envelopper ce curieux cadeau, ses doigts manquant de dextérité. Il avait mélangé différents papiers, puisqu'il n'en avait pas d'assez grand pour couvrir entièrement l'objet en question. Le ruban gommé qu'il avait utilisé dépassait de partout sans vraiment jouer son rôle, et les bouts de corde qui faisaient office de rubans s'entortillaient en une multitude de nœuds que Gilles dut couper aux ciseaux.

— Il faut que tu saches que ça fait longtemps que je veux te donner ce cadeau, lui confia le vieil homme. Je sais, ça a l'air fou comme ça, mais c'est quelque chose de rare et de très précieux.

Gilles vint enfin à bout de l'emballage, secondé par Janie. Un grand bâton, magnifiquement ouvragé, apparut à travers le papier déchiré, avec son pommeau de maillechort, sa poignée gainée de laiton, sa dragonne en cuir tressée et son pic pointu, en forme de trèfle, tout au bout.

— Ton *makhila*? demanda Gilles, ému.

— Wow! C'est magnifique! s'écria Janie. Je n'ai jamais vu un bâton comme ça.

Henri expliqua qu'il était temps que Gilles en hérite.

— C'est le bon moment, fiston. D'habitude, on donne ce bâton aux jeunes hommes au moment où ils entrent dans le monde adulte. Gillou, ce n'est pas parce que c'est ton anniversaire, mais plutôt parce que je crois que le moment est venu pour toi d'avoir ton compagnon de route maintenant que tu mènes les chèvres au pâturage, dit-il fièrement à son petit-fils.

Henri essuya ses yeux emplis d'émotion. Gilles le serra dans ses bras, au bord des larmes lui aussi.

Puis, pour satisfaire la curiosité grandissante de Janie à propos du magnifique objet, le vieil homme raconta l'origine de cette houlette traditionnelle du Pays basque et détailla sa fabrication toute spéciale, sur mesure et entièrement à la main. Gilles connaissait sa provenance et ses étapes de fabrication, puisque cet objet existait depuis longtemps dans sa famille, mais il ne se lassait pas d'en entendre parler.

— On met des années pour réaliser un *makhila*. Il est fabriqué en néflier sauvage, un bois très dur et très rare, précisa le vieil homme.

Il raconta que, lorsque les tiges venaient à maturité, deux ou trois ans avant leur coupe, on faisait, au couteau, des entailles légères à intervalles réguliers sur la branche. Ces scarifications formeraient les dessins sur le bois. Au bout de tout ce temps, on coupait les baguettes de bois, on les séchait au feu et on les entreposait entre dix et vingt ans. Puis Henri montra à Janie les différents morceaux de bois, de métal, de cuir dont était constitué le bâton basque.

— Le pommeau est en laiton, en or ou en argent et est façonné au marteau. Celui-ci est en maillechort, un alliage de cuivre, de zinc et de nickel, si ma mémoire est bonne.

Il prit le bâton dans ses mains et dévissa délicatement la partie supérieure, faisant apparaître dans la portion inférieure une pointe d'acier qui servait auparavant de moyen de défense lorsqu'on se trouvait sur les routes.

— Est-ce que tu sais, ajouta Gilles à l'intention de Janie, que ces *makhilas* ont été offerts à des papes, à des présidents...

— ... à des maréchaux, à des souverains, compléta Henri. D'habitude, on calcule la taille et le poids du destinataire avant de le fabriquer. Maintenant que j'ai rapetissé, il va t'aller sur mesure.

Gilles prit l'instrument et l'examina à la recherche d'une inscription. Son grand-père lui en désigna l'emplacement, juste sous le pommeau, où l'on pouvait lire son nom, Henri Esquerre, et le mot *milesker*, « merci » en basque.

— C'est Marie qui me l'a fait faire et qui me remerciait pour toutes ces années passées auprès d'elle. Elle aurait voulu faire inscrire un message plus long, mais il n'y avait pas la place. Je trouve que merci, c'est un beau mot. Ça dit tout, non ?

Le vieil homme se sentit tout à coup très fatigué. Était-ce dû au repas très copieux, au bon vin, au cadeau qu'il venait de transmettre à son petit-fils ou encore au fait d'avoir évoqué sa douce disparue trop tôt ? Il se leva avec difficulté, tendit à Gilles la carte qui accompagnait le présent et lança à la compagnie un « Bonne nuit, les amoureux ! » qui les surprit tous deux, avant de s'éloigner vers la maison.

Pour dissiper le malaise qui les avait quand même fait rire tant la remarque leur paraissait incongrue, Gilles entreprit de lire le contenu de la carte. Il y trouva cette phrase : « Quand l'envie est plus forte que la peur, il faut y aller. » Elle était accompagnée d'une partie du poème de Fernando Sabino qu'Henri avait lu à son anniversaire :

Faire de l'interruption un nouveau chemin,
faire de la chute un pas de danse,
faire de la peur un escalier,
du rêve, un pont,
de la recherche…
une rencontre.

Ils restèrent tous les deux en silence, savourant, pour des raisons différentes, les mots du poète et le chant des grenouilles qui s'offrait à eux, sous cette nuit étoilée qui ne semblait pas vouloir s'éteindre.

Au petit matin, Janie retrouva Gilles à la chèvrerie ; il achevait le train. Elle avait enfilé un long chandail tricoté main d'Henri qui lui allait jusqu'aux genoux et ses longues bottes, trop grandes pour elle. Les levers du jour étaient encore frais à cette période de l'année. Elle avait les cheveux en bataille et semblait toute menue dans son tricot d'emprunt. Elle tenait un contenant avec les restes des repas de la veille.

— Ton grand-père m'a demandé d'aller nourrir les poules et de ramasser les œufs.

— Je termine ici et je t'accompagne. Bien dormi ?

— Je ne peux pas me plaindre. J'ai ton lit et toi tu dors sur le divan mou du salon !

— Faudrait qu'on ait une chambre d'amis. Ou des lits supplémentaires qu'on mettrait dans ma chambre. Ou dans la grange, l'été. Ça sent super bon, un lit entouré de bottes de foin.

— T'as l'intention d'ouvrir une auberge ?

Gilles sourit de sa suggestion.

— Non, pas vraiment. J'en ai suffisamment sur les bras. Henriquet est de moins en moins capable…

— Oui, j'ai vu ça. J'ai pas osé t'en parler. Depuis ma dernière visite, je le trouve différent. Et ça fait juste quelques semaines… D'un coup il est perdu, puis l'instant d'après il est tout à fait éveillé. Et c'est quoi cette histoire de Delphine de Tricot… ? De Tripot ?

Gilles éclata de rire.

— Tiphaine de Tricornot. Une journaliste des actualités françaises sur laquelle il trippe.

— Je présume que c'est pour ça que tu le remplaces souvent, depuis qu'il perd un peu pied ? Le potager, les chèvres, les poules, la maison... Il me semblait que tout ça, c'était pas pour toi. Je me trompe ?

— Non, c'est pas tellement mon univers. Mais est-ce que j'ai le choix ? Il n'a que moi. Les jours où il est trop fatigué, je prends la relève. C'est pas tout à fait comme ça que j'avais envisagé notre cohabitation...

Il prit le temps avant de poursuivre. Puis il parla comme s'il se livrait à un aveu, une sorte de confession.

— Pour être franc, je commence à trouver ce travail pas si pire. Je serai jamais aussi passionné qu'Henriquet, mais en attendant, je fais avec. Ce que j'aime le plus, par contre, ce sont les promenades.

Gilles détacha la dernière chèvre de la table de traite et lui donna une petite tape sur les fesses pour la faire dégager.

— Dehors, les filles. Allez prendre l'air.

Muni de son seau de lait, il dirigea le troupeau à l'extérieur jusqu'au nouvel enclos, suivi de près par Janie et Guapa. Une fois la porte de l'enclos bien fermée, ils se dirigèrent vers le poulailler. Gilles montra à Janie où déposer le contenu de son récipient à compost, vérifia si les poules avaient suffisamment d'eau et de moulée et, avec l'aide de son amie, ramassa les œufs.

— Bon ! Elles se remettent à pondre !

— Elles avaient arrêté ?

— Oui, l'hiver elles pondent moins. As-tu déjeuné ? Moi, j'ai juste pris un café. Les poulettes, je vais vous sortir plus tard.

Les poules caquetèrent de plus belle comme si cette invitation leur faisait plaisir.

— Moi aussi, j'ai faim. Même après tout ce qu'on a mangé hier soir. C'est fou ! dit-elle en l'observant agir auprès des bêtes avec assurance. Même si ça ne te plaît pas, que ce n'est pas ton univers, comme tu dis, on dirait que tu as fait ça toute ta vie, nota-t-elle dans un grand sourire.

Puis elle ajouta en contemplant le contenu de son panier que des œufs fraîchement pondus feraient de merveilleuses pâtisseries.

— Un peu difficile à livrer en autobus, par contre, répondit-il. Ça serait plus pratique si tu t'installais dans le coin.

Janie le regarda droit dans les yeux, mais ne répliqua pas à cette remarque. Son panier d'œufs sous le bras, elle se dirigea vers la maison, suivie de près par Gilles, chargé de son seau de lait. Henri les accueillit sur le perron. En plus d'une petite musique dansante qui résonnait, une odeur de bacon, de pain grillé sur le poêle à bois et de café fraîchement moulu emplissait l'air.

Avant qu'ils entament leur petit déjeuner, le vieil homme insista pour lire un passage du roman qu'il relisait régulièrement, et plus particulièrement ces dernières semaines. Il tenait dans ses mains un exemplaire écorné du *Soleil des Scorta*, de Laurent Gaudé, dont la couverture était passablement élimée et tachée par de grands cercles de vin et de café.

Gilles n'en était pas à sa première lecture à voix haute.

— Pachou ! Pas ce matin. Ça fait cent fois…

— Peut-être que Joli cœur a envie d'entendre ma lecture, elle ! suggéra le vieil homme à l'intention de la jeune femme.

Janie, qui ne connaissait pas ce roman, s'empressa d'accepter l'offre, alors que Gilles levait les yeux au ciel, agacé. Henri se racla la gorge avant d'attaquer sa lecture. Il fallait voir le tableau tout à fait attendrissant de ce vieil homme qui se redressait, fier comme Artaban donnant une représentation, mais vêtu de sa robe de chambre usée et de ses espadrilles qu'il portait en *abarcail*, avec sa barbe qu'il n'avait pas encore rasée.

— J'ai relu ça ce matin, c'est… Écoutez, vous allez voir. « Nous n'avons été ni meilleurs ni pires que les autres. Nous avons essayé. C'est tout. De toutes nos forces, nous avons essayé. Chaque génération essaie. Construire quelque chose. Consolider ce que l'on possède. Ou l'agrandir. Prendre soin des siens. Chacun essaie de faire au mieux. Il n'y a rien à faire d'autre que d'essayer. Quand tu sues pour construire ce que tu désires, tu vis les plus beaux moments de ta vie. Il faut profiter de la sueur, souviens-toi de cela. Après tout finit si vite, crois-moi. »

Il fit claquer le livre en le fermant, puis le déposa sur la table, mettant fin à ce moment de grâce. Son geste fit sursauter Janie, qui, émue, en aurait pris davantage. Henri claironna un tonitruant « À table ! » sous les aboiements répétés de Guapa.

Muni de son *makhila*, Gilles menait les chèvres et Janie fermait la marche. Quand l'une d'elles s'éloignait du chemin, elle appelait son ami à la rescousse. Ce dernier revenait sur ses pas et lui prêtait main-forte.

— Janie ! Non, non ! Ça sert à rien de la prendre par les cornes pour la faire bouger. Elle est têtue… comme une chèvre.

Il éclata de rire quand il vit Wendy pousser de toutes ses forces Janie dans le bosquet. La jeune femme se retrouva sur le derrière. Il l'aida à se relever.

— Tu t'es pas fait mal ?

— Pas du tout. Ça va. J'aurais dû y penser, lui dit-elle en époussetant son jeans et en riant de son étourderie. Mais va falloir que tu me passes un pantalon, j'ai le derrière plein de boue !

— Bienvenue à la campagne !

Ils arrivèrent à la clairière et les chèvres s'installèrent, chacune choisissant son espace à brouter.

— Tu fais ça tous les jours ? lui demanda-t-elle, admirative.

— Le plus souvent possible. Si je saute une promenade, c'est fou, ça me manque maintenant.

— C'est drôle, moi c'est quand je ne mets pas la main à la pâte. J'ai l'impression d'avoir perdu ma journée.

— Tu as toujours aimé faire de la pâtisserie ?

— La première fois, j'avais huit ans, je crois. Pourtant, personne cuisinait à la maison. Ni salé, ni sucré. On mangeait du tout préparé plein d'hormones et de calories…

— Tu es drôlement douée en tout cas.

— Toi aussi, je trouve. Je ne te connais pas beaucoup, même si Nicolas m'a beaucoup parlé de toi, mais j'ai l'impression que tu n'es plus le même qu'avant.

— Avant la pandémie, tu veux dire ?

Elle lui fit signe que oui.

— Cette maudite cochonnerie, ça vous change un homme ! Euh… ou une femme.

L'heure était à la confidence. Elle lui raconta qu'elle avait fait peindre sur un mur d'un restaurant où elle avait travaillé la phrase d'une chef incroyable : « Personne ne me volera ce que j'ai dansé. »

— J'aime tellement ça !

— Est-ce que tu sais vraiment qui est cette femme ? demanda-t-il, un grand sourire aux lèvres.

— Hélène Darroze, c'est mon idole, l'une des seules chefs multi-étoilées en France et au Royaume-Uni.

— Est-ce que tu sais qu'elle est d'origine landaise ? C'est la région voisine du Pays basque, l'informa Gilles.

Janie ouvrit des yeux étonnés.

— Tu en glisseras un mot à Henriquet, ça va lui plaire.

Ils parlèrent de tout, de rien. L'air était doux, les arbres fruitiers étaient encore en fleurs, comme l'avait espéré Janie.

— Tu crois que ton grand-p…

Elle s'arrêta soudain.

— Écoute, si tu n'as pas envie de parler de ça, tu me le dis.

— De quoi ?

— De ton grand-père.

— Au contraire, ça va me faire du bien. Des fois je ne sais plus à qui m'adresser pour comprendre ce qui lui arrive…

— Tu sais que tu peux m'appeler.

Elle se reprit.

— Ou appeler Nicolas.

Il y eut un grand silence entre eux avant qu'elle ne reprenne la parole.

— Tu sais, ce qu'il nous a lu ce matin ? J'ai repris le livre une fois qu'Henri a quitté la table et j'ai lu à nouveau. Je ne sais pas, mais c'est comme s'il t'envoyait un message… Sur le travail qui rend heureux. Il est brillant, cet homme. J'ai l'impression qu'il ne parle pas souvent pour ne rien dire. Et quand il ne parle pas, il a l'œil qui en dit long. Alors pourquoi nous lire ce passage ? Juste parce qu'il l'a aimé ? On dirait qu'il sent que sa fin est proche… Tu ne trouves pas ?

Elle prononça de mémoire les phrases du roman de Gaudé.

— « Après tout finit si vite. » Quelques lignes plus loin, l'auteur écrit : « Tu sais ce qu'il y a, à la fin de la course ? La vieillesse. Rien d'autre... enfin, quelque chose qui ressemble à ça. » Cette phrase-là, il l'a sautée dans sa lecture. Elle a été barrée au plomb. Par lui, sûrement. Mais elle était encore lisible. Et il vient de se défaire de son *makhila* pour te l'offrir...

Gilles soupira longuement.

— Je vais le perdre bientôt, je le sais. J'essaie d'en profiter au max. Pourquoi tu crois que je suis pas retourné en ville ? Ni à l'étranger ? J'ai eu quelques offres d'emploi, mais j'ai décliné en disant que j'étais devenu aidant naturel. Henriquet dit qu'il va mourir si on l'enferme dans ces places pour vieux... Je ne peux pas lui faire ça. Il m'a ordonné de le débrancher si jamais il perd ses facultés. Il m'a aussi dit, ajouta Gilles en riant, que s'il se retrouvait sur un lit d'hôpital il voulait que je vienne lui faire fumer quelques pétards... même s'il n'a jamais essayé !

— Moi, je sais pas ce que j'aurais donné pour avoir un parent comme Henriquet.

Janie expliqua à Gilles qu'elle avait plutôt eu droit à une mère femme de ménage qui était bien gentille, qui faisait son possible, mais qui n'avait aucune culture, et à un père ouvrier toujours devant le sport à la télé. Et à des grands-parents qui étaient presque analphabètes...

— J'ai pas honte d'eux. C'est pas de leur faute. Ils sont toujours paniqués lorsque les enveloppes de comptes arrivent par la poste, ils perdent tous leurs moyens quand une compagnie d'électricité ou une banque les joint par téléphone et lorsqu'ils ne connaissent pas l'interlocuteur, ils anticipent continuellement des catastrophes. Ces gens-là n'ont pas la possibilité de t'apprendre autre chose que de te méfier de tout le monde, et qu'il faut que tu te battes tout le temps pour obtenir ce dont tu as besoin. Le savoir, il faut que tu ailles le chercher ailleurs.

— C'est ce que tu as fait…

— Oui. Ça m'empêche pas de les aimer très fort. C'est un peu le monde à l'envers. C'est moi qui leur apporte mes découvertes. Je suis le parent de mes parents. Et ça leur plaît, je pense. Ça les rassure. Et moi aussi, finalement.

Elle ajouta que lui avait des richesses colossales à portée de main ou même servies sur un plateau d'argent. Il pouvait rester l'enfant, celui qui apprend, qui continue de rêver même devenu adulte. Il fallait qu'il en profite avant qu'il soit trop tard.

— C'est peut-être ça que ton Pachou essaie de te dire, avec les faux trayons, le *makhila*, les lectures…

Gilles sourit à cette jeune femme qu'il trouvait de plus en plus attachante.

Ils prirent le chemin du retour sans revenir sur leurs pas. S'étant installés dans le pré le plus haut, ils durent traverser la route avec le troupeau. Lorsque toutes les chèvres furent passées de l'autre côté, une voiture s'arrêta à la hauteur de Gilles. Le couple à l'intérieur était en pâmoison devant ce garçon qui marchait avec ses chèvres en tenant son bâton. Curieux, ils lui posèrent des questions. Depuis combien de temps il faisait ça ? Est-ce que les chèvres étaient dociles ? Est-ce qu'il acceptait que des gens l'accompagnent ?

Gilles raconta, en quelques mots, son expérience. Le couple était en admiration. Ils demandèrent la permission de prendre des photos de Gilles entouré de ses chèvres tandis que Janie surveillait la circulation. Mais comme il ne passait que peu de voitures sur ce rang, ils restèrent sur place un bon moment. Le couple insistait.

— On adorerait faire ce genre de promenade ! lui dit l'homme assis au volant. Est-ce que ce serait possible ?

— Je suis convaincue que vous auriez beaucoup de gens intéressés, ajouta la dame assise côté passager. Je connais bien du monde qui serait prêt à payer pour ça. On peut vous trouver des clients, si vous voulez. On a pas mal d'amis, hein, chéri ? demanda-t-elle à son compagnon.

Gilles les écoutait sans trop savoir quoi répondre, sceptique quant à l'intérêt de cette proposition. C'est Janie qui prit la parole avec enthousiasme.

— Pourquoi pas ? Il doit y avoir moyen d'arranger ça, hein, Gillou ?

La dame dans la voiture nota son adresse courriel sur un bout de papier et le tendit à Janie.

— On attend de vos nouvelles.

Janie leur dit qu'ils en auraient très bientôt. Lorsqu'ils reprirent la route après avoir salué le couple, Gilles voulut savoir si elle était sérieuse.

— Tout à fait. Je vais même t'aider à mettre sur pied ton site web, dès ce soir, si tu veux. Te voilà officiellement promeneur de chèvres, déclara-t-elle avec un grand sourire.

Ce soir-là, une fois qu'ils eurent rangé la vaisselle et les restes du repas, Gilles reçut un appel téléphonique : Nicolas lui demandait de ne pas garder Janie trop longtemps.

— Tu réalises pas, Gillou. Je peux plus me passer d'elle ! dit-il.

— Pourquoi ? lui demanda ce dernier.

Et il ajouta, avec une légère déception dans la voix :

— Ah ! Je comprends. Parce que… toi et elle, vous… ?

— Non, non, non ! Pas du tout ! C'est pour le travail. Ici, on a besoin de ses talents !

Gilles avait retrouvé le sourire.

16

Contrairement à ce qu'elle avait annoncé à son arrivée, Janie était restée quelques jours à la ferme. Après son départ, la vie reprit son cours normal.

Elle avait si bien travaillé au site internet de la Chèvrerie du rang des Vieux-Garçons, créé avec Gilles, que les demandes de promenades affluaient presque tous les jours. Plusieurs amateurs de ce type d'activités n'attendaient que le signal du départ. En se basant sur d'autres sites qui offraient de pareilles promenades – la plupart de ces chèvreries se trouvaient en Europe –, ils avaient établi les règles de base : deux sorties par jour d'une durée de quatre-vingt-dix minutes chacune, cinq personnes à la fois, pas plus. Ils avaient également fixé le prix.

En plus de répondre aux demandes, Gilles jonglait avec ses tâches, entre les horaires de traite, les soins à apporter aux animaux et la confection du fromage de chèvre – pour l'instant en petites quantités, puisque son grand-père et lui étaient les seuls à réclamer des crottins et d'autres délices caprins.

Heureusement pour Gilles, le potager poussait tout seul. Tout avait été semé et il suffisait de regarder les semences prendre de l'expansion et s'épanouir en beauté. Tandis que la nature reprenait des forces après l'hiver, que tout verdissait aux alentours, que la vie battait son plein, Henri, lui, ne faisait pas corps avec la saison nouvelle. Il ressemblait plutôt à un vieux pommier tordu à l'automne de sa vie. Bien qu'il fît de grands efforts pour le cacher à son petit-fils, il n'avait pas beaucoup d'énergie, traînait un peu de la patte et se terrait dans sa chambre avec ses livres.

Un soir, lorsque Gilles entrouvrit la porte des quartiers de son grand-père, portant une pile de vêtements qu'il venait de sortir de la sécheuse et qu'il avait pliés avec soin, il découvrit Henri en pyjama. Ce dernier dansait seul, sur une vieille chanson interprétée à l'accordéon provenant d'une petite radio. Le jeune homme reconnut la voix éraillée de Bourvil qui chantait.

Non je ne me souviens plus
Du nom du bal perdu
Ce dont je me souviens
C'est qu'ils étaient heureux
Les yeux au fond des yeux.
Et c'était bien, et c'était bien.

Gilles entra sans faire de bruit et déposa le linge sur un fauteuil afin de mieux observer son grand-père.

Le vieil homme, les yeux fermés, donnait l'impression qu'il tenait serrée contre lui sa partenaire et la faisait virevolter avec grâce. Henriquet était demeuré un sacré danseur. Le cavalier qu'il avait été n'avait rien perdu de son élégance ni de son habileté.

Lorsque la chanson se termina, ce dernier s'arrêta, et Gilles en profita pour applaudir la performance de son grand-père avec enthousiasme.

Surpris, Henri se retourna. C'est alors que Gilles vit qu'il pleurait. De grosses larmes coulaient sur ses joues. Il ne tenta pas de les assécher.

— C'est à cause de Marie. Ma Marie lumière. Elle me manque tellement...

Gilles s'approcha du vieil homme et le prit dans ses bras.

— Pourquoi tu ne me raconterais pas Marie ? suggéra-t-il. Je ne sais pas tout d'elle. Mais toi, si. Je sais que tu n'as rien oublié.

Le grand-père et le petit-fils s'installèrent confortablement dans le grand lit. La fenêtre panoramique qui donnait sur le jardin offrait, en cette fin de journée, un paysage magnifique. Le ciel s'habillait de roses et de bleus lumineux. Le coucher de soleil s'étirait d'aise, tout comme eux. Henri était content de dévoiler à Gilles un chapitre de la vie de sa grand-mère qu'il ne connaissait peut-être pas.

Lorsqu'ils vivaient encore en France, ils adoraient tous les deux monter à Paris pour aller voir des pièces de théâtre. Ils en profitaient pour discuter longuement.

— On a toujours beaucoup parlé ensemble. De tout, des enfants… On riait beaucoup aussi.

Il se souvient d'elle, qui avait si fière allure au volant de sa Dyane, une voiture construite par Citroën.

— Elle conduisait vite, trop vite parfois. J'ai déjà dit à un concessionnaire de voitures au Québec que ma femme était anglaise parce qu'elle conduisait à gauche, ajouta-t-il, espiègle. Et dire qu'aujourd'hui c'est à mon tour de conduire de cette façon ! Lorsqu'elle n'a plus été en mesure de prendre le volant à cause de son cancer, des gens m'ont remercié au nom de tous les villageois. Ils étaient soulagés de ne plus la savoir sur les routes. Moi aussi, fiston.

Gilles se souvenait que son grand-père insistait tout le temps pour l'accompagner lorsqu'elle prenait le volant.

— Je ne voulais pas qu'elle conduise seule. Si elle avait eu un accident mortel, je n'aurais peut-être pas pu faire grand-chose, mais on serait partis ensemble.

Il fouilla dans sa mémoire et trouva quelques anecdotes qu'il faisait bon se rappeler. Elle avait de drôles de comportements, parfois, sa Marie. Lorsque leur fille s'absentait en oubliant sa clé, et ça arrivait régulièrement, à son retour à la maison, Mathilde trouvait un mot que Marie avait épinglé bien visiblement sur la porte. « La clé se trouve sous le paillasson. »

— Elle en a fait, des étourderies. Mais j'aimerais encore qu'elle soit là, ainsi je pourrais la voir en faire d'autres. Ça me manque, tu ne peux pas savoir ! Un jour, elle s'était mis en tête de repeindre la cuisine en orange et marine. Déjà, la couleur… ! Je détestais ça. Mais en plus, elle avait décidé de tapisser la hotte de la gazinière de fiches-recettes qu'elle collectionnait et récupérait chaque semaine dans le magazine *Elle*… alors qu'elle ne cuisinait même pas !

« L'odeur ! Un méchant mélange de colle et de plomb. La peinture n'était pas aussi écologique que celle de maintenant. J'ai dû consulter un médecin, je n'arrivais plus à ouvrir les yeux. On m'a diagnostiqué une terrible réaction allergique. Par la suite, je n'ai plus jamais feuilleté un *Elle*, ajouta-t-il en riant.

Gilles lui rappela l'avoir vu souvent aider sa grand-mère à enfiler ses chaussures avant de partir, et faire la même chose à son retour. Il voulut savoir si son grand-père avait toujours posé ce geste.

— J'ai été élevé galant, moi, que veux-tu ! Je lui mettais ses chaussures, les lui enlevais. J'attendais, assis sur le bord de la cuvette avec une grande serviette, qu'elle termine son bain. Des fois, ça durait, ça durait… mais j'aimais la voir ainsi, pendant qu'elle trempait dans une eau très, très chaude. Ses joues devenaient roses, ses yeux encore plus coquins.

— Et puis, il y a eu le lit de fougères pour vos premiers ébats, se rappela Gilles.

— Ça, ça lui avait plu. Elle disait souvent que ça se raconterait bien dans un roman. « Mon berger m'a installé un lit de fougères odorantes à l'abri des regards. » Tu sais qu'au départ, précisa le vieil homme, la lecture, c'était elle. Moi, c'est venu sur le tard. Tout ça, c'est grâce à elle.

« Et tellement d'autres choses », pensa-t-il avant d'ajouter qu'un de ses moments préférés, c'était après le repas du soir.

— On s'installait sur la terrasse, ou en dedans lorsqu'il faisait trop froid, et elle m'accompagnait en partageant le plaisir d'une cigarette. Elle ne fumait pas. Seulement celle-là.

Ses yeux se remplirent d'eau, comme si le souvenir de la fumée de cigarette lui embuait le regard.

— Je lui demandais souvent de m'accompagner... même dans la mort. J'aurais aimé ça qu'on parte en même temps. Mais ça, elle ne voulait pas. Elle refusait catégoriquement.

« Pars en premier si ça te chante », elle disait, piquée par ma demande. Elle répétait qu'elle n'avait pas envie de s'en aller tout de suite, elle avait trop de choses à découvrir encore, trop à faire. Et tu vois, Gillou, c'est elle qui est partie la première. J'aurais bien essayé de la suivre, si ça avait été possible, mais la mort l'a choisie, elle. Il semble que je doive encore attendre un peu.

Gilles soupira devant les propos de son grand-père.

— Pachou, tu n'es pas près de t'en aller. Je vais te retenir, moi.

Puis, changeant rapidement de sujet, ce dernier demanda à Gilles s'il aurait envie de partager une cigarette avec lui.

— Tu n'as pas arrêté de fumer, toi ?

— Oui. Mais juste une. Pour le souvenir.

— Tu as des cigarettes cachées quelque part ?

— Non. Toi, tu n'as pas ça ?

Gilles sourit, se leva d'un bond et partit en direction de sa chambre. Cette diversion lui fit du bien. À la pensée que son Pachou pouvait partir, l'émotion devenait soudain envahissante. Il revint avec un petit joint bien serré. Il l'alluma, en prit quelques bouffées et le tendit à son grand-père. Ce dernier fuma à son tour. Il s'étouffa presque.

— Sapristi ! C'est bien fort, cette cigarette-là !

Gilles était content de lui. Henri n'en finissait plus de se frotter les yeux.

— Coudonc ! Y a-tu du plomb ou de la colle là-dedans ? On dirait que je fais une allergie…

Gilles en était convaincu : Marie était revenue. Il entendait l'éclat de son rire.

17

Depuis quelques jours, Henri tenait à faire la traite matin et soir. Il veillait sur Loky, qui nécessitait selon ses dires des soins particuliers.

Pour sa part, Gilles était plein de vigueur. Étant un enfant d'avril, la sève coulait avec ardeur dans ses veines comme dans la nature. Au printemps, il renaissait. Il se sentait prêt à affronter toutes les tâches que requéraient les poules et les chèvres, ainsi que la tenue de maison, à faire les courses et, surtout, à procurer confort et bien-être à son grand-père. Surtout, le souvenir de sa vie d'avant ne venait pas le hanter aussi souvent. Il n'avait pas renoncé pour autant à ses rêves de voyage, mais il arrivait à vivre son nouveau quotidien un peu plus sereinement. Les deux hommes se retrouvaient au repas du soir.

En suivant la recette que lui avait fournie Nicolas, il avait préparé ce soir-là un poulet au vin blanc et aux champignons accompagné d'asperges. Henri savoura le plat avec appétit.

— J'ai bien l'impression que ça va être pour ce soir ou cette nuit, déclara-t-il soudain.

— Quoi ? Qu'est-ce qui va arriver ?

— Ça va brasser !

Comme son grand-père avait l'habitude de scruter le ciel avant d'annoncer que ça allait « péter » quelque part et qu'il ne se trompait que rarement, Gilles s'étonna qu'un orage soit en vue.

— Il me semble que la météo n'a rien annoncé…

— Oh ! dit le vieil homme en riant. Il risque d'y avoir quelques perturbations cette nuit, mais elles ne seront pas atmosphériques.

— Pachou, de quoi tu parles ? Es-tu obligé de t'exprimer en énigmes ?

— J'ai bien peur que tu sois obligé de te transformer en sage-femme et de m'assister.

— Quelqu'un qu'on connaît doit accoucher cette nuit ? demanda Gilles, troublé. Qui ça ?

— Loky. La belle Loky va mettre bas dans les heures à venir. Tu n'as pas remarqué qu'elle s'isolait durant les promenades ?

— Oui, j'ai vu ça. J'ai pensé qu'elle boudait… C'est quoi les autres signes qui te font dire que c'est pour bientôt ?

— Ce matin, j'ai remarqué du mucus visqueux à l'arrière-train. Et ses mamelles ont presque doublé de taille depuis hier. La gestation chez une chèvre se situe entre 140 et 153 jours. Cinq mois à peu près. On y est.

Gilles fut décontenancé par cette annonce.

— Patrick va pouvoir t'aider comme il l'a déjà fait, non ?

— Eh ben non ! répliqua Henri. Sa belle et lui sont partis se balader pour quelques jours. C'est moi qui prends la relève auprès de ses chèvres.

Il fit un clin d'œil entendu à Gilles en l'assurant que ça allait bien se passer. Puis il se leva et l'invita à le suivre.

— On prendra le café plus tard.

Gilles n'eut d'autre choix que d'accompagner son grand-père, après avoir déposé les couverts dans l'évier. Son cœur battait la chamade, en raison de l'excitation, mais surtout par crainte que les choses ne se déroulent pas bien. Tout néophyte qu'il était dans le domaine, il se sentait terriblement perdu et savait à l'avance qu'il serait un piètre assistant. Mais Henri le pressa.

Lorsque les deux hommes arrivèrent à la bergerie, Loky était allongée dans son box. En prévision de la mise bas, le vieil homme l'avait isolée des autres et avait étendu au sol de la paille fraîche pour en faire un lit confortable. Ils s'installèrent de chaque côté de la bête, pas trop près pour ne pas la perturber.

— C'est mon premier accouchement, dit Gilles en riant nerveusement. Je fais quoi ?

— Pour l'instant, on attend avec elle. C'est elle qui fait tout le travail. Nous, on assiste, en cas.

— Et si ça se passe mal ?

— On le saura bien assez vite et on avisera. Au pire, on appellera le *vét.* Mais je pense qu'on peut y arriver tous les deux. Tu vas voir, quand les eaux vont crever, ça va aller très rapidement.

— Est-ce que… est-ce que je peux la caresser?

Devant l'assentiment du vieil homme, Gilles posa sa main délicatement sur le flanc de l'animal, mais la retira aussitôt en émettant un cri de surprise.

— Ça bouge!

— C'est sûr que ça bouge, fiston. Il y a quelqu'un de vivant là-dedans. Et on assiste aux premières contractions.

En effet, on apercevait une vague qui ondulait sous le ventre de la bête. Gilles observait le phénomène, les yeux agrandis d'étonnement.

— C'est normal, hein? Ils sont plusieurs, là-dedans, tu crois?

— Il n'y en a qu'un. À la première gestation, il n'y a toujours qu'un petit. Je dis ça, mais c'est comme si j'avais rien dit! On a vu des fois où y en avait deux.

Gilles déglutit difficilement. Henri se leva.

— Je vais nous chercher des cafés.

— Me laisse pas tout seul! s'écria le jeune homme, tout à coup pris de panique.

— Calme-toi, Gillou. On en a pour quelques heures à attendre.

Il le rassura en partant.

— Je vais faire vite.

Gilles resta seul dans l'enclos avec Loky, son regard en permanence sur l'abdomen de la chèvre qui continuait d'ondoyer à intervalles réguliers. Puis il se mit à lui parler doucement. Il bafouilla les mots tendres utilisés par la plupart des hommes qui assistent, impuissants, à un accouchement.

— Ça va aller, ma belle. Je suis là. Je sais pas trop quoi faire, mais toi, tu fais bien ça. Tu fais ça comme une grande !

Et lorsque Loky émit un bêlement plaintif, il ajouta :

— Bordel que ça doit faire mal !

Soudain, la future mère se leva d'un bond et se mit à tourner en rond. Paniqué, Gilles se leva à son tour et fit de même, prêt à sortir pour appeler son grand-père à la rescousse. Mais la bête se recoucha presque aussitôt. Il soupira de soulagement, se rassit aussi, mais reprit une respiration aussi haletante que celle de Loky. Il continua de l'encourager. Il était en train de lui faire une déclaration d'amour remplie de promesses, toutes plus ou moins farfelues, lorsque Henri revint avec deux tasses de café. Ce dernier sourit à la vue de son petit-fils chuchotant à l'oreille de Loky. Il venait d'entendre Gilles jurer de la promener très souvent et de lui donner une ration supplémentaire de nourriture si elle continuait à bien faire ça, comme si ça pouvait changer quelque chose à l'affaire.

Ils se rassirent tous les deux près de la chèvre qui bêlait de plus belle, accompagnée dans ses plaintes par le reste du troupeau.

— T'as mis quoi dans mon café ? demanda Gilles en humant le contenu de la tasse.

— Lait, sucre et un léger remontant, lui dit son grand-père, calme et souriant.

Les deux hommes restèrent en silence à siroter leur café, tandis qu'un miracle se pointait le nez.

La nuit fut longue. La chaleur du lieu, l'odeur du foin, la proximité avec les chèvres finirent par faire somnoler Gilles, qui tentait par tous les efforts de rester éveillé.

— Tu as fait un petit *cluc*, lui dit tout à coup Henri. Ouvre grands tes yeux, fiston, l'attente est terminée.

Le vieil homme expliqua que la chèvre avait perdu ses eaux, puis il désigna une partie du placenta qui émergeait de la bête.

— Regarde, regarde, Gillou. On voit les onglons.

— C'est bon signe, ça? demanda-t-il, soudainement excité.

Son grand-père acquiesça. Loky se releva pour aider le chevreau à s'extirper plus facilement de son ventre. Puis elle se recoucha pour se relever de nouveau. Cette fois, Gilles aperçut la tête et les deux pattes avant qui tentaient de sortir. Ce fut très rapide. Le chevreau, toujours enveloppé dans le placenta, tomba dans la paille, contre Gilles qui était agenouillé devant Loky. Celle-ci s'empressa de couper la poche gélatineuse avec ses dents pour libérer son petit, puis elle commença à lécher cette chose luisante et gluante.

Gilles était en état de choc. Il n'avait jamais rien vu d'aussi beau. Ce fut plus fort que lui, il se mit à pleurer, sans essayer de cacher ses larmes. Il s'essuyait les yeux avec la manche de sa chemise, pleurait et riait en même temps. Il n'arrivait plus à s'arrêter.

— Un bébé chèvre ! Un bébé chèvre !

Henri éclata de rire.

— Est-ce que tu t'attendais à autre chose ?

Les deux hommes rirent en chœur, puis cessèrent à l'unisson pour ne pas effrayer la mère et le bébé. Henri expliqua d'une voix douce que le plus important maintenant, c'était que le petit se lève rapidement.

— Il faut qu'il tète. Il doit absorber le colostrum, riche en anticorps. Les chevreaux en sont dépourvus à la naissance.

Gilles s'adressa au nouveau-né.

— Lève-toi. Allez, debout.

La chèvre fixait Gilles de ses yeux plissés. Il éclata de rire, une fois de plus.

— Il me regarde !

— C'est une fille, déclara Henri.

— À quoi tu vois ça ?

Le grand-père lui apprit que les mâles étaient plus grands, que leur cou était plus massif et que les femelles avaient la tête plus allongée.

— Coucou, ma jolie, déclara Gilles.

La chevrette se mit debout. Elle le fixait, attirée par sa voix. Son poil chocolat au lait était tout frisé et encore mouillé. Elle fit deux pas hésitants, les pattes complètement écartées, reprit un peu d'assurance, chancela comme si elle était ivre, faillit tomber, et avança en chaloupant vers Gilles.

— C'est pas moi ta maman, bébé ! Regarde, c'est elle.

Gilles dirigea la chevrette en direction de Loky. La petite bête trouva finalement l'énergie nécessaire pour avancer et découvrit le chemin du pis, sous sa vraie maman.

— Elle est à toi, celle-là, décréta Henriquet. Comment tu vas l'appeler ?

— Hein ? À moi ? Euh... Je... Tu me la donnes ? Wow ! C'est obligatoire que son nom se termine en i ? demanda-t-il.

— Non, non. Aujourd'hui, tu commences une nouvelle lignée.

Le nom sortit spontanément de la bouche de Gilles.

— Margotte. Ça va, Margotte ? J'aime ce nom-là. On avait une chienne qui s'appelait comme ça.

— Et mon premier cheval portait aussi ce nom. Ça reste dans la famille, alors ! Va pour Margotte, convint Henri. Bon ! Maintenant que tout est sous contrôle, je vais aller m'allonger un peu.

— Moi, je suis trop énervé pour dormir. Je vais rester ici, à veiller les filles. Va te reposer.

Après qu'il eut donné les conseils d'usage à son petit-fils, Henri quitta l'enclos, heureux de la tournure des événements.

Gilles s'empressa de saisir son cellulaire et prit une série de clichés de Margotte et de sa mère, qu'il expédia à Janie et Nicolas ainsi qu'à ses parents, s'excusant de ne pas avoir eu la présence d'esprit de filmer la mise bas tant il était énervé.

Les clichés de Margotte auraient fait le tour de la terre s'il s'était écouté, tant il était fier de sa protégée.

Quand le vieil homme revint à la chèvrerie, le soleil était levé depuis plusieurs heures déjà. Il trouva Margotte roulée en boule près de Loky. Pour sa part, Gilles était profondément endormi contre la porte extérieure de l'enclos, son téléphone cellulaire à la main. La mère et la petite se portaient bien. Le papa d'adoption aussi.

QUATRIÈME PARTIE

ÉTÉ

18

Les premières personnes qui se présentèrent à la Chèvrerie du rang des Vieux-Garçons pour une promenade avec Gilles et les chèvres furent nulles autres que celles qui avaient, en quelque sorte, poussé Gilles à entreprendre ce projet. Ce matin-là, l'air chaud et le soleil étaient au rendez-vous. Il fit à l'intention de ses premiers clients ses recommandations d'usage. Ne pas trop s'éloigner du groupe, afin de ne pas s'égarer. Ne pas se tenir trop proche des bêtes lorsqu'elles se trouvent près des arbres ou des arbustes, car elles pourraient prendre appui sur vous pour grimper et atteindre l'objet de leur convoitise. Ne pas parler trop fort afin de ne pas les effrayer. Poser toutes les questions qui les chicotent ou ne pas parler, au choix. Déguster le moment.

L'homme et la femme en avaient long à dire. Ensemble, mais surtout séparément. C'est ainsi que, tout au long de la promenade, chaque fois que l'un d'eux s'éloignait et que l'autre se trouvait seul en compagnie de Gilles, celui-ci apprit qu'ils étaient très malheureux en ménage, qu'ils ne s'entendaient plus, mais qu'ils n'arrivaient pas à se séparer. Comme ils avaient un véritable besoin de s'épancher, que faire d'autre qu'écouter ? Le jeune homme ressortit un peu ébranlé par sa première balade et espéra qu'elles ne seraient pas toutes aussi navrantes.

Heureusement, les suivantes furent différentes. Tantôt étonnantes, tantôt carrément bizarres, mais jamais banales. Gilles aimait croiser tous ces gens curieux, avides de nouveauté ou simplement amoureux de la nature, ou encore assoiffés de silence, certains voulant à tout prix quitter la ville ne serait-ce que quelques heures. Il se retrouvait enfin dans la position du guide de voyage qu'il avait été dans une ancienne vie, pas si lointaine. Mais, à la différence de son ancien métier, c'était aussi lui qu'on guidait à la Chèvrerie, dans des univers qui lui étaient parfois totalement étrangers.

La deuxième promenade fut beaucoup plus réjouissante, avec une famille, intéressée mais silencieuse, et un petit garçon de cinq ans, allumé au possible, qui donna à Gilles autant de conseils qu'il posa de questions. Sur les chèvres, mais également sur les étoiles, sur la famille, sur la vie. Lorsque Gilles lui demanda s'il savait lire, ce dernier répliqua : « Pas encore, pour l'instant j'apprends à grandir ! » Puis, lorsqu'il rencontra Henri à la chèvrerie, il affirma que le vieil homme ressemblait à sa grand-mère puisque lui aussi avait « de la peau qui coulait jusque dans son cou ». Juste avant de quitter la propriété, il remercia

Gilles pour la balade avec les chèvres et pour avoir eu la possibilité de rencontrer la jolie Margotte, qu'il qualifia de « trésor fragile ».

— Prends-en bien soin, dit-il à Gilles avant d'ajouter : Tu es ma douceur aujourd'hui !

Il y eut un peu de tout chez les promeneurs : ceux qui venaient uniquement pour la « parenthèse inattendue » avec les bêtes qui broutaient, ceux qui préféraient le silence de la campagne, la nature fleurissante, loin des clameurs étourdissantes de la ville, les prés verdoyants, le ciel si bleu, la vie toute simple. Gilles en rencontra qui étaient ravis par le son des clochettes au cou des bêtes, d'autres qui s'enthousiasmaient sur tout. Et puis les nerveux, les déboussolés par ce type de visite inusitée – on était loin d'un musée –, ou encore déstabilisés par le calme environnant et le temps en suspens. Ces derniers se sentaient obligés de parler sans cesse, de se justifier d'être venu, de s'exclamer. Comme cette mère qui s'écria devant tant de beauté : « C'est le bonheur ! » Ce à quoi sa petite fille répondit : « Où ça ? Où ça, le bonheur ? »

Certains venaient avec un but bien précis. Un jour, il fit la promenade avec une femme qui lui spécifia à la toute fin du parcours qu'elle était psychologue. Elle réserva tout de suite une autre promenade en spécifiant qu'elle serait accompagnée. Peu de temps après, elle revint avec deux hommes, un dans la vingtaine et l'autre approchant la quarantaine, à l'apparence assez costaude, mais qui laissaient paraître une grande vulnérabilité. Juste avant qu'ils se présentent à la propriété, la thérapeute avait un peu discuté avec Gilles au téléphone. Elle lui avait appris que ses deux patients ne se connaissaient que depuis peu, qu'ils avaient été blessés en Afghanistan et qu'ils souffraient tous les deux d'un stress post-traumatique. À un moment, elle lui fit signe et, tout comme lui, elle s'éloigna, laissant les deux hommes au milieu des chèvres. Ils s'accroupirent près des bêtes et restèrent un long moment à parler avec les filles. Gilles observait la scène en retrait. Il fut particulièrement ému lorsqu'il vit ces deux immenses gaillards se mettre à pleurer comme des enfants. Ils se mouchaient bruyamment, reniflaient, puis éclataient de nouveau en sanglots. Ils prirent le temps que le chagrin s'estompe, à défaut de disparaître. Et Gilles rentra à la maison, seul avec son troupeau, comme le lui avait demandé la femme. La nuit était tombée lorsqu'il vit les voitures s'éloigner sur le rang des Vieux-Garçons.

Un jour, Gilles rencontra un homme particulièrement curieux venu pour une promenade.

— J'étais croque-mort, lui dit l'homme, ou transporteur funéraire, mais moi je préfère dire croque-mort. C'est un métier tabou. Personne ne veut en parler. Mais tout le monde veut savoir comment ça se passe.

Il demanda à Gilles s'il connaissait l'origine de l'expression. Ce dernier n'en savait rien.

— Durant les épidémies de peste au Moyen Âge, il y avait tellement de morts qu'on mordait l'orteil du défunt pour être certain qu'il était bien mort. Croque-mort, ça vient de là. Mais moi, je n'ai jamais mordu personne. Bien au contraire. Moi, les morts, je les aimais.

Pendant des années, il avait vu la souffrance humaine au quotidien. Des gens morts dans leur sommeil, de jeunes adultes qui s'étaient plantés dans le décor à 170 kilomètres à l'heure, ou des gens qu'on avait assassinés.

— Le croque-mort, la dernière chose qu'il va faire pour une personne, c'est la transporter. Moi, je leur parlais. « Venez-vous-en, Céline, venez-vous-en, Albert. C'est le temps d'y aller... » Les bébés mort-nés à l'hôpital, je les mettais pas sur la civière, je les prenais dans mes bras. Je leur donnais un nom. Je trouvais ça important. C'était la dernière fois que quelqu'un les prendrait dans ses bras... C'est vrai qu'il faut être un peu spécial pour faire cette job-là.

Il était ému lorsqu'il parlait. Gilles le laissa s'exprimer sans intervenir. Lui aussi était touché par ce qu'il entendait. La promenade allait durer plus longtemps que les quatre-vingt-dix minutes habituelles, ce jour-là.

— Puis la COVID-19 est arrivée, annonça-t-il en laissant planer un long silence, comme si tout avait été dit.

Il revoyait souvent le jour où « ça » avait commencé.

— J'avoue que j'ai eu peur. Dans une journée normale, on fait de trois à sept transports. Là, c'était au moins quinze par quart de travail. On ne fournissait pas. On faisait des allers-retours continus. C'étaient des gens seuls, il n'y avait personne pour leur tenir la main parce que les familles n'avaient pas le droit de venir auprès d'eux. C'est terrible, mourir seul ! Ces visages-là, tu t'en souviens. Moi, en tout cas, je n'ai pas oublié.

C'est à ce moment qu'il expliqua à Gilles le véritable but de sa visite. Il était venu pour les chèvres, oui, mais surtout pour la beauté de la nature. Il avait une demande spéciale : est-ce qu'il accepterait qu'il épingle des papiers sur les arbres qui entouraient le pré ?

Il sortit de sa sacoche pendue à l'épaule une pile impressionnante de papiers sur lesquels il avait tracé, à la main, le nom de chaque personne décédée qu'il avait transportée dans les derniers mois.

— Mes morts de la pandémie, ajouta-t-il. J'avais envie de les confier aux arbres, pour que la forêt les accueille. Un dernier hommage.

Gilles fut touché par le geste si particulier que voulait faire cet homme pour compenser les adieux qui n'avaient pas pu avoir lieu. Il accepta avec plaisir, mais ne lui proposa pas son aide. Il sentait que le croque-mort devait faire ce « dernier transport » seul, comme il avait coutume de le faire lorsqu'il exerçait son métier.

Il reprit le chemin de la maison, suivi de ses chèvres. Il lui tardait de raconter cette histoire à Henri et à Janie.

Les papiers avec les noms des disparus continuèrent de flotter, accrochés aux branches des arbres encerclant le pré, pendant des années. À chaque promenade, Gilles se rappelait ces gens. Une partie de leur âme s'y trouvait.

Un soir de mai, Gilles rentra de sa promenade dans un drôle d'état. Sa rencontre avec le promeneur de passage l'avait complètement chamboulé.

Pourtant, les choses s'étaient d'abord passées aussi facilement qu'à l'accoutumée. L'homme qui avait réservé sa promenade était arrivé à l'heure prévue, la température était au beau fixe, les chèvres, impatientes d'aller gambader et se nourrir dans le pré, avaient été dociles et s'étaient laissé guider avec facilité.

Alors que s'était-il passé pour que Gilles, une fois que le troupeau eut regagné la chèvrerie, se précipite vers sa chambre sans même jeter un coup d'œil à Henri ? Ce dernier s'apprêtait à cuisiner le repas du soir lorsque Gilles lui signifia qu'il n'avait pas faim, qu'il irait se laver et dormir ensuite.

Le jeune homme se départit rapidement de ses vêtements et fila vers la douche. Il y resta longtemps. L'eau très chaude finit par l'apaiser un peu. Il termina pourtant ses ablutions accroupi près de la bonde, en pleurs.

Lors de la promenade, les deux hommes avaient d'abord échangé des banalités. Sur le temps qu'il faisait, sur la pandémie qui était enfin derrière eux, sur les habitudes des chèvres, sur la vie en général. Puis Gilles avait posé la question dont la réponse l'avait mis dans cet état.

— Qu'est-ce que vous faites dans la vie ? avait-il demandé tout simplement à l'homme dans la cinquantaine.

— Je suis en train de changer de vie, justement.

Et il avait raconté à Gilles qu'il n'y avait pas si longtemps il travaillait dans le domaine de l'informatique. « Ingénieur », avait-il précisé. Mais c'était fini, tout ça. C'était derrière lui.

— Quatre-vingts heures de boulot par semaine. Une femme, des enfants qui n'en pouvaient plus de mes absences. Ils sont partis et je me suis retrouvé seul à me demander quoi faire du reste de ma vie. Continuer ? C'est ce que j'ai fait un bout de temps.

Puis voyant que la dépression le guettait, il s'était questionné sur ses véritables passions, sur ce qu'il désirait le plus, sur ce qui le faisait rêver, enfant. Alors il avait choisi de tout quitter et de partir vivre en nomade, autour du monde.

— Vous savez, il n'y a pas d'âge pour se réinventer, avait-il ajouté.

Ça, Gilles le savait très bien.

Mais comme il fallait également gagner sa vie, l'homme avait monté une petite entreprise de voyage.

— Maintenant, je travaille en profitant des beautés du monde. Avant, je n'étais pas du monde, justement. Ma famille, mes amis avaient vite compris ça. Bien avant moi. J'étais toujours frustré, insatisfait, jamais content. Là, je suis enfin heureux. Je bosse presque autant. Ça a un prix, la liberté ! J'ai quand même diminué un peu la cadence. Mais je fais quelque chose que j'aime. Je voyage. Je découvre. Je vis de l'essentiel.

L'homme avait raconté, dans le détail, sa nouvelle réalité, tantôt dans un village au fond des bois, le mois suivant dans une grande ville trépidante. Une bonne connexion internet suffisait à son activité de développeur. Grâce à ses compétences informatiques, il avait créé une plateforme Internet qui permettait de mettre en contact des gens sur place avec de futurs voyageurs. Il se déplaçait au gré des demandes et surtout de ses envies, en alternance : le Costa Rica, le Brésil, Hawaï, l'Indonésie, le Mexique, Kuala Lumpur, Wallis et Futuna, une île, un coin perdu, une grande capitale, une plage, une contrée en développement...

— Mon conseil ? avait confié l'homme à Gilles sans que ce dernier le demande. Prendre son temps et rester au moins un mois dans chaque pays. Le temps d'apprendre un bout de langue, de connaître les coutumes, de mettre en place les connexions indispensables au succès de l'entreprise. Puis repartir.

L'homme avait poursuivi son plaidoyer. Il y mettait toute sa passion.

— Le décalage horaire et la distance compliquent les contacts avec mes associés également en vadrouille… mais on arrive toujours à s'attraper. Ce qui compte, ce sont les découvertes. Les ailleurs.

Puis l'homme avait questionné Gilles.

— Le voyage, vous connaissez ?

— C'était mon domaine, il n'y a pas si longtemps, avait réussi à bafouiller Gilles. J'étais guide. Je… je voyageais. Puis il y a eu la pandémie.

— Ça ne vous manque pas ? s'était informé le promeneur.

— Parfois. Parfois, s'était contenté de répéter Gilles.

Qu'est-ce qui était mieux, s'était-il demandé : les voyages autour du monde ou les voyages immobiles, les voyages intérieurs ? Gilles constatait depuis quelque temps que des horizons à portée d'yeux, des lendemains prévisibles, ça pouvait aussi être ça, le dépaysement. Sa plus grande aventure, pour l'instant, c'était de prendre la route tous les matins, autour de lui et en lui. Le voyage n'était-il pas un rêve qu'on transportait ? À cet instant, il n'était plus sûr de rien.

Une question le tracassait. Elle revenait en boucle depuis le début du soliloque de l'homme.

— Et votre famille ? Qu'est-ce qu'elle devient ? Elle ne vous manque pas ?

L'homme n'avait pas répondu. Il s'était plutôt mis à s'intéresser aux chèvres. À ce qu'elles aimaient manger, à leur lait, à leurs habitudes.

La promenade s'était terminée là. L'homme était content de sa balade. Il était de passage au Québec pour régler son départ définitif vers l'étranger.

En le regardant s'éloigner vers sa voiture, Gilles s'était demandé si cet homme était venu se rassurer sur son nouveau mode de vie ou s'il n'était pas là, par pur hasard, pour appuyer sur la cicatrice occasionnée par la perte de son ancien métier, pas encore totalement guérie ?

Toujours recroquevillé au fond de la douche, Gilles repensait à cette conversation, à ce monologue plutôt. Voyager, s'évader, découvrir, c'était ce qu'il faisait, lui aussi, il n'y avait pas si longtemps. Et tout comme l'homme rencontré cet après-midi-là, il en éprouvait énormément de plaisir. Il était même convaincu que sa vie tournerait entièrement autour de cette passion du voyage. Au lieu de s'envoler vers des ailleurs fascinants, il se terrait maintenant dans une petite ferme où il s'occupait des poules et des chèvres de son grand-père vieillissant. De ce grand-père aussi. C'était ça, son nouveau rêve ?

C'est à ce moment qu'Henri entra dans la salle d'eau. Il tendit à Gilles un grand drap de bain tout en l'aidant à se relever. Il était bien conscient que son petit-fils n'était pas tombé dans la douche, mais y avait trouvé refuge.

— Bon ! Le chauffe-eau est vide, je pense, dit-il tout en essuyant vigoureusement le dos de Gilles. Il est temps que tu sortes. Si c'était pour rivaliser avec moi et devenir le plus plissé de nous deux, tu as gagné, fiston.

Tout en frottant son dos, il lui dit à l'oreille :

— Tu sais, tout passe. Ça ne veut pas dire qu'il faille effacer la mémoire. En avançant, il faut en garder des petits bouts, même s'ils font mal, comme ça on peut rattacher les fils de l'avant avec ceux de l'après. Le grand poète québécois Claude Gauvreau a dit que « les voies à suivre se découvrent par le désir ». Et moi, Henriquet Esquerre, je dis qu'avant que tu mettes le doigt sur ta quête nommée désir, une bonne nuit de sommeil est nécessaire.

Henri mena Gilles près de son lit, lui tendit son pyjama. Gilles l'enfila comme un enfant sage dont on prend soin.

Sur la table de chevet, son Pachou avait déposé un grand bol de soupe fumante.

Ce soir-là, Gilles eut également droit à une berceuse en langue basque, fredonnée tout doucement par la voix rocailleuse d'Henriquet. Le jeune homme ne reconnut qu'un mot, qui revenait à plusieurs reprises dans la mélopée : *haurtx*, petit garçon. Gilles ne comprenait rien à l'histoire de cet enfant, mais tout ce qui lui importait, ce soir-là, c'était qu'un petit Gillou qui avait un chagrin énorme avait aussi un grand-père qui l'aimait plus que tout.

19

Un beau jour de juin, Gilles dut se rendre à l'évidence : il n'arrivait plus à joindre Janie. Il lui laissait des messages qui restaient lettre morte. La dernière fois qu'il avait réussi à lui parler, c'était au moment de la naissance de Margotte. Mais depuis, plus rien. Où était-elle ? Que se passait-il ? Elle ne voulait plus lui parler ? Était-ce pour quelque chose qu'il avait dit ? Qu'il avait fait ? Qu'il aurait dû faire ?

Dans les premiers temps, il avait respecté son silence, puis à force de se poser toutes ces questions, il fit appel à Nicolas pour des explications. Il se plaignit d'abord de ne plus avoir de nouvelles de personne.

— On travaille comme des malades. Tu sais ce que c'est, mentionna Nicolas. J'ai même pas le temps d'aller te voir. Ça va ? Les animaux ? Tout ça ? Ça marche ? Et ton vieux ?

Gilles relata la naissance de Margotte et les promenades dans les prés avec les chèvres. Nicolas avait bien reçu les photos. Et oui, son grand-père se portait bien. Il en vint finalement au but de son appel, en tentant de paraître désintéressé.

— Est-ce que Janie travaille toujours à ton restaurant? demanda-t-il à son ami.

— Oui! Plus que jamais!

— Et est-ce qu'elle partage encore votre appartement?

Nicolas le rassura. Tous ensemble ils avaient mis les bouchées doubles, menant de front travail et aménagement du grand appartement qu'ils avaient finalement trouvé. L'installation de la partie réservée au service de traiteur que Janie espérait mettre sur pied allait bon train. Les comptoirs de présentation et les appareils de réfrigération demandaient un temps fou à dénicher, mais François la secondait dans ses recherches.

— Elle va sûrement y arriver.

Gilles se sentit soulagé; il comprenait enfin le silence radio de Janie. Puis Nicolas laissa tomber:

— Ah! Au fait, j'ai oublié de te dire, ces deux-là sont ensemble.

— Qui ça?

— François et Janie. Je sais, ça a l'air bizarre comme couple, mais c'est comme ça. Ils ne se laissent pas d'une semelle.

Gilles tenta d'avaler l'information sans que rien n'y paraisse, mais il respirait difficilement.

— Ah! C'est bien. Ça fait longtemps?

— Non, non. C'est récent. Je pense... Enfin, si tu veux mon avis, j'ai comme l'impression qu'elle essaie plus de sortir François de son malêtre qu'autre chose. Il continue à travailler, mais il est très *moody*, tu le connais. En tout cas, ils ont l'air de se faire du bien. C'est ce qui compte, non? Écoute, vieux, ajouta-t-il sur le même élan, je vais être obligé de te laisser. Je suis au resto et il y a une grosse commande qui vient d'arriver. Je suis tout seul...

— Oui, oui. Je comprends. Ne me laissez pas trop longtemps sans nouvelles, OK? Je suis tout seul dans ma campagne...

Gilles éteignit son cellulaire et resta sur place sans bouger. Il oscillait entre deux sentiments: un chagrin immense qui pesait sur sa poitrine et une colère sourde qui voulait exploser.

Henri, qui était entré dans la cuisine, l'observa un instant avant de lui faire signe.

— Ça va, fiston? Les nouvelles sont bonnes?

— Non. Pas vraiment... Je comprends pas. Je devrais me réjouir, mais j'y arrive pas.

Henri fit couler un autre café qu'il apporta à la table en même temps que le sien, invitant du même coup son petit-fils à s'asseoir avec lui. Il désigna de la tête le cellulaire.

— C'était pas tes parents? demanda-t-il, inquiet.

— Non, non. Tout va bien pour eux. J'ai eu maman dernièrement. Ils profitent de l'été, ils se baladent un peu, vont se baigner. Ils ont adoré la nouvelle des promenades avec les chèvres. Papa trouve que ça ressemble à ce que je faisais avant.

— Tu guides les gens vers des voyages intérieurs, maintenant.

Ils prirent quelques gorgées en silence.

— Qu'est-ce qui te chicote, alors?

— C'est… c'est Janie. Je n'ai plus de nouvelles. Toi, ça va, tu as toujours ta livraison de gâteaux…

— Et toi, tu n'as plus rien, c'est ça?

— Si on veut. Nicolas m'a dit…

Il avait de la difficulté à prononcer les mots. Comme si, une fois exprimée à voix haute, la chose existerait pour vrai.

— Elle sort avec François.

Comme Henri ne semblait pas savoir de qui il s'agissait, Gilles expliqua:

— Mon ex-ami… euh! Mon ex-coloc. Ils sont ensemble, lui et Janie.

— C'est bien, non?

— J'imagine.

— Tu ne sembles pas certain. Il y a quelque chose qui cloche?

— Je sais pas… Il paraît qu'elle l'aide. Parce qu'il ne va pas bien.

Gilles n'avait retenu que quelques bribes de la conversation avec Nicolas, tant il était ébranlé. Peut-être celles qui faisaient le moins mal. Croyant le soulager, Henri enfonça le clou davantage.

— Aider, c'est de l'amour, ça aussi. C'est le propre de l'homme de vouloir secourir, raccommoder ce qui est brisé. Tu es trop jeune pour t'en souvenir, mais un jour, tes parents et moi on t'a surpris en plein sauvetage. Tu t'étais installé au milieu de la route et tu tentais de coller à l'aide de sparadraps les fentes qui s'étaient creusées dans l'asphalte. Tu avais vidé au moins deux boîtes de pansements. Tu voulais réparer les bobos de la route, que tu disais.

Gilles écoutait d'une oreille distraite. Son cœur était pris dans un étau et empêchait ses sens de fonctionner normalement. Le vieil homme lui parla également de l'aide qu'il apportait aux gens qui venaient se promener avec lui et les chèvres.

— Tu les aimes suffisamment pour les écouter et tu leur fais du bien...

— Pas besoin de sortir avec quelqu'un pour l'aider ! explosa le jeune homme.

— Les femmes qu'on rencontre sont parfois nos amies, dans un premier temps, et deviennent nos amoureuses par la suite.

Devant l'accablement de Gilles, Henri tenta de lui remonter le moral. Il parla longuement de sa relation avec Marie, à ses débuts.

Ils formaient un couple improbable. Elle le désirait et lui était fou d'elle ; pour le reste, tout les séparait. Marie avait fait des études poussées, d'abord en Angleterre, puis avait dû les reprendre en France. Elle avait ensuite évolué dans le monde médical. Lui était un artisan, au demeurant très habile et talentueux, mais qui avait fait plein de métiers différents. Lorsqu'ils s'étaient mariés, les parents de sa douce ne le considéraient pas digne de leur fille. Ils ne s'étaient pas présentés à l'église pour les accompagner. Puis les choses avaient évolué.

— Avec le temps, tout le monde m'a adoré. Ils ont tous compris qui j'étais : un homme fidèle, amoureux, attentionné. On pouvait me faire confiance. Marie était séduisante, elle plaisait beaucoup. Elle aurait pu partir n'importe quand.

Je tenais bon. Et en fin de compte, c'est moi qui ai gagné ! déclara-t-il, triomphant. On a vécu soixante ans ensemble, avant qu'elle parte. Elle ne m'a quitté que pour un autre monde, et parce qu'elle n'avait pas le choix. Elle est toujours avec moi. J'ai l'impression de faire encore ce que j'ai toujours fait : veiller sur elle.

Gilles avait écouté en silence. Il était au courant de cette histoire et de la passion qu'avait toujours eue Henri pour sa Marie. Il connaissait par cœur une anecdote qui avait fini par circuler dans la famille. Jamais Henri n'en aurait soufflé mot, il était trop prude pour cela, c'était Marie qui avait avoué la chose, un jour. La première fois qu'ils avaient fait l'amour, le jeune homme qu'était Henri à l'époque avait disposé, dans une clairière à l'abri des regards indiscrets, un lit de fougères odorantes pour que sa belle s'allonge confortablement près de lui. Le lit de fougères odorantes ! Combien de fois l'avait-il entendu mentionné par sa grand-mère, qui n'avait jamais oublié.

Gilles les avait vus ensemble suffisamment longtemps pour discerner leurs signes amoureux. C'était lui qui s'occupait des enfants lorsqu'elle était trop fatiguée en rentrant du travail. Il faut dire qu'elle travaillait beaucoup. Elle bossait le soir tout en poursuivant ses études, et lorsqu'elle dirigeait des cliniques médicales, elle ne comptait pas ses heures. En fait, ces deux-là avaient inversé les rôles traditionnellement réservés à chacun. C'était lui qui faisait les courses et cuisinait les repas ; il frottait le dos des enfants lors des bains, les couchait si sa Marie était de garde à l'hôpital, alors que peu d'hommes à cette époque accomplissaient les tâches ménagères. Elle, par contre, signait les chèques, allait aux réunions de parents et se chargeait de l'éducation des enfants.

La mère de Gilles lui avait déjà raconté qu'à l'adolescence, lorsqu'elle avait eu besoin d'un premier soutien-gorge, tandis que toutes les filles faisaient ce premier achat si important en compagnie de leur mère, c'était son père qui s'en était chargé. Et pour elle, c'était tout à fait naturel.

Henri se leva de table, emportant les tasses de café vides.

— Tu ne l'as pas perdue, ta Janie, Gillou. Si tu considères que cette fille est pour toi, accroche-toi. Tiens bon. Tu verras bien ce qui arrivera. Tout n'est pas dit. Si tu y tiens, bats-toi, ou sois patient. La vie que tu as à vivre, c'est la vie qui est en avant de toi, fiston.

Henriquet se retint d'élaborer sur le sujet, mais il n'en pensait pas moins. Dans un premier temps, il avait dû mettre le dormeur debout, lui qui passait sa vie à l'horizontale, et maintenant il restait à le pousser vers l'avant, vers sa nouvelle vie.

Il ajouta, tout de même, en s'éloignant :

— Moi, ma vie est derrière. C'est pour ça que les vieux radotent.

Gilles s'accrocha aux promenades et aux soins à apporter aux animaux, comme certains l'ont fait avec une pelle, un ciseau, un stylo, un pinceau, un marteau afin de ne pas sombrer dans le désespoir. Henri lui répétait de mémoire son refrain habituel, cueilli dans son livre de chevet, *Le Soleil des Scorta*:

— « Quand tu te bats pour quelque chose, quand tu travailles jour et nuit comme un damné... quand tu sues pour construire ce que tu désires, tu vis les plus beaux moments de ta vie. » Il faut profiter de la sueur, souviens-toi de ça ! *ripipillait*-il à son petit-fils.

Gilles levait alors les yeux au ciel et sortait s'occuper des filles.

Comme Loky n'avait pas beaucoup de lait pour son bébé, il avait fallu nourrir Margotte au biberon. Sur les conseils de son grand-père, il s'était procuré du lait en poudre chez le vétérinaire, et ce geste quotidien l'apaisait beaucoup. La chevrette le lui rendait bien. Elle le suivait comme on ne lâche pas d'une semelle sa mère nourricière. Tandis que Loky se reposait, relevée de l'obligation de nourrir sa petite, cette dernière prenait du poil de la bête. Elle était curieuse, grimpait partout, mangeait avec appétit et grandissait avec grâce. Le potager tenait ses promesses, Henri se portait bien, le carnet des promenades avec les chèvres se remplissait régulièrement, la vie coulait tel un fleuve tranquille.

Quelque temps après, Gilles eut finalement l'occasion de parler avec Janie. Elle s'excusa presque d'avoir laissé tomber ses visites à la ferme.

— Tu crois que je n'ai pas envie de me retrouver à la campagne avec toi et Henriquet ? Je n'ai même pas vu Margotte ! Elle doit être grande maintenant. J'aurai raté ça, aussi.

Elle était consciente de négliger leur amitié. Elle était désolée, mais elle voulait aller au bout de cette histoire avec François, même si elle ne savait pas où cela allait la mener. Gilles aurait pu, à ce moment, lui dévoiler les sentiments qu'il éprouvait pour elle, mais il s'en sentait incapable.

— Ne m'en veux pas, Gillou, mais je peux pas laisser François en ce moment. Il n'en mène pas large.

Elle avait l'impression qu'elle ne devait pas le perdre de vue, si elle ne voulait pas le perdre tout court. Gilles prit assez bien la chose. Surtout après qu'elle lui eut demandé doucement :

— Attends-moi un tout petit peu, si tu peux.

Il lui donna sa bénédiction, en quelque sorte. Elle allait lui manquer, c'était sûr, et lui aussi, murmura-t-elle. À quoi bon lui parler de son attirance pour elle ? Gilles réussit à se convaincre qu'il saurait composer avec le choix de Janie.

20

Et puis un beau jour, Margaux débarqua.

Elle était venue avec des amis de ses parents pour faire la promenade. Menue, gracile même, belle comme le jour, et portant aux pieds des talons aiguilles. Gilles l'avait avertie que le terrain était passablement escarpé, qu'ils auraient à franchir un petit ruisseau et à marcher dans la boue pour se retrouver dans un pré de foin coupé, mais la jeune femme décida de faire quand même le trajet avec le groupe et les chèvres. Comme elle était venue pour un court passage dans la région, elle se justifiait de ne pas être chaussée « tout terrain ». Elle s'appelait Margaux. « Comme la reine, se plaisait-elle à répéter. Sauf que moi, j'y mets un X ! »

Margaux avec un X était vraiment une fille de la ville et ne s'en cachait pas. À voir ses vêtements, ses bijoux, on comprenait tout de suite qu'elle aimait la mode, s'habillait essentiellement de noir, parlait boulot, bars, sorties entre filles. Elle exerçait un tout nouveau métier à la mode : influenceuse sur le Web. Elle riait de tout, même de son inconfort sur le terrain. Les chèvres l'amusaient.

Margaux revint pour une seconde visite, la semaine suivante. Cette fois-là, elle était bien chaussée et seule. Son rire se mêlait au son des clochettes qui tintaient au cou des chèvres. Ces dernières la laissaient pourtant indifférente. Elle s'intéressait surtout à Gilles, qui en fut le premier surpris, bien que cette bouffée de fraîcheur lui fît grandement plaisir.

La vie à la ferme n'attirait pas beaucoup la jeune femme; chèvres, poules et potager n'étaient pas sa tasse de thé. Elle préférait aborder d'autres sujets. Elle le questionna sur sa vie d'avant, ses voyages, son appartement au centre-ville. Ils échangèrent sur les lieux qu'ils connaissaient et fréquentaient souvent, surtout sur la vie nocturne qui avait repris son rythme normal depuis la fin du confinement. Cette période avait passablement déprimé Margaux.

—J'ai vingt-deux ans, moi! Je suis pas faite pour être enfermée. À part dans tes bras, peut-être...

Et ce rire, encore une fois.

Lorsqu'elle quitta la ferme, le baiser qu'elle lui donna n'avait rien d'équivoque.

Ce soir-là, ils étaient tous les trois installés pour le souper. Il arrivait souvent depuis quelque temps que Margaux reste manger et dormir à la ferme. Henri n'y voyait qu'un inconvénient: il se retrouvait fin seul, assis à la même table que la jeune femme et son petit-fils. Les deux amants qui partageaient son repas le faisaient plongés, de part et d'autre, dans leur tablette ou leur téléphone. Ils ne communiquaient même pas entre eux. Margaux passait son temps à se prendre en photo avec son cellulaire. Le décor des *selfies* changeait constamment; seul le sourire exagéré restait le même. Elle semblait beaucoup s'amuser. Gilles, pour sa part, avait retrouvé son ancien univers virtuel et semblait s'y complaire avec délices.

Au début, le vieil homme avait bien essayé d'attirer l'attention des deux internautes. Il avait tenté de partager avec eux la recette du plat qu'il leur avait concocté. Les yeux se levaient à peine des écrans. Il avait alors testé d'autres sujets de conversation. La lecture ne semblait pas intéresser Margaux outre mesure, la vie à la campagne la laissait plutôt froide, les poules et les chèvres – oublions ça! Le passé d'Henri, même s'il pigeait dans sa mémoire les anecdotes les plus savoureuses, ne suscitait que quelques onomatopées polies. Il avait alors abdiqué, jouant le rôle du taiseux. Il s'était senti bien isolé durant les soirées où la jeune femme restait à demeure. Il allait alors s'enfermer dans son « hôpital », comme il le déclara ce soir-là.

Une fois qu'Henri eut retrouvé ses appartements, Margaux demanda, tout à coup inquiète pour la santé mentale du vieil homme, pourquoi il parlait de sa chambre comme d'un hôpital, ce qui fit sourire Gilles.

— Pachou a l'habitude de dire qu'une bibliothèque, et il en a une énorme là-haut, c'est un hôpital pour l'esprit.

— Il ne parle pas beaucoup, je trouve, ajouta-t-elle.

— Il se manifeste assez bien quand il a quelque chose à dire.

Henri s'affirmait d'ailleurs « assez bien » lors des nuits torrides qui avaient lieu dans la chambre d'en bas. Lorsque Margaux se répandait en gémissements d'extase et en cris enthousiastes avant d'atteindre la béatitude, Henri, en contrepartie, chantait à tue-tête pour enterrer la clameur. Ils avaient droit à de vieilles chansons françaises ou alors à des chants basques dont il leur était impossible de saisir le sens.

Lorsque Margaux retournait en ville, Gilles reprenait ses vraies couleurs. Sujet délicat, que son grand-père n'osait aborder. Il se contentait de retrouver son Gillou, gentil, présent, attentionné, curieux. Il se disait que ce n'était qu'une passade. Après tout, il fallait bien que le corps exulte !

Mais les choses s'aggravèrent lorsque Margaux persuada Gilles de l'accompagner en ville.

— Il faut que tu sortes d'ici, ne serait-ce qu'une nuit ou deux, fit-elle valoir. Sinon, tu vas te transformer en habitant ! C'est bien beau, *L'amour est dans le pré*, mais la vraie vie, c'est pas ici que ça se passe. Et il est plus que temps que tu rencontres mes amis. On va virer un de ces *partys* !

Gilles la suivit donc. Il avait prévenu les voisins qu'il quittait la région quelques jours, leur demandant de garder un œil sur Henri. Ce dernier allait bien, mais comme c'était la première fois que Gilles s'éloignait de la ferme depuis son arrivée, il n'était pas tout à fait rassuré.

Durant ces jours d'absence, Henri se débrouilla effectivement bien. Les voisins l'invitèrent à partager leur repas. Il en profita pour s'ouvrir sur Margaux, la nouvelle lubie de son petit-fils.

— Faut bien que jeunesse se passe, non ? suggéra Lisa.

— Je veux bien croire qu'elle lui met « un peu de mine dans le crayon », comme vous dites, mais ça ne lui met pas beaucoup de plomb dans la cervelle !

Le séjour de Gilles dans la grande ville ne fut que fêtes à répétition chez l'un et chez l'autre. Au début, il se sentait revivre. Il retrouvait le bon vieux temps, la joie, le rire et l'insouciance. Puis il se rendit compte rapidement qu'il ne rencontrait que des gens semblables en tout point, dans leur façon de s'habiller, de se loger, de discuter, de danser, de rire aux éclats pour un rien, de répéter les mêmes formules. Les beuveries dans différents bars et la prise de petites pilules d'ecstasy le laissèrent nauséeux ; les nuits d'insomnie creusèrent des cernes bleutés autour de ses yeux. Certes, il vécut des moments torrides, des instants d'euphorie, mais il se sentait vide. Et cette façon qu'avait Margaux de tout immortaliser, du contenu de leurs assiettes aux lieux qu'ils fréquentaient, et jusqu'à leurs baisers torrides, le rendait de plus en plus mal à l'aise.

Il dormit tout au long du retour en autobus. Et il s'écroula dans son lit dès son arrivée. Il fut bien heureux, le lendemain, de retrouver ses bottes en caoutchouc. Lorsqu'il alla voir les filles au poulailler et à la bergerie, il fut surpris de l'attitude de Margotte. Elle le fuyait, comme s'il se dégageait de lui une odeur déplaisante.

Henri, lui, déboucha une bouteille de prosecco.

— C'est pour le retour de l'enfant prodigue ! dit-il.

Cette accalmie n'empêcha pas Gilles de retourner en ville pour se nicher encore un peu dans les bras de Margaux. Cette dernière espaçait quant à elle ses visites dans les Cantons-de-l'Est.

— Pourquoi tu laisses pas tout ça ? Tu n'aimes pas mon appartement ? On serait si heureux ensemble...

— On peut l'être à la campagne !

— Je suis une fille de la ville, moi, Gillou. J'ai besoin d'amis, de bruits, de monde autour de moi, d'un travail excitant et stimulant, se défendit-elle. Je vais mourir si tu m'enterres dans ta ferme. Une fois de temps en temps, peut-être. Mais à vie ? J'y arriverai jamais ! J'ai l'impression d'être enfermée dans une cage comme tes poules.

Une autre fois, elle lui demanda s'il avait des frères et sœurs.

— Non. Enfant unique.

— Est-ce que tes parents sont encore vivants ?

Gilles parla d'eux, croyant qu'elle s'intéressait à sa famille.

— Ton vieux bonhomme, il en a pas pour longtemps. Il va bien lever les pattes un jour.

Je présume que c'est toi qui vas hériter de tout, puisque tout le monde vit en France ? Vends tout ça, et adieu « veaux, vaches, cochons, couvée », pis poules et chèvres, tant qu'à y être ! s'était-elle écriée. Tu vas être libre, enfin. T'es pas obligé de te terrer au bout du monde. Viens-t'en en ville, mon beau berger, qu'on commence à vivre !

— C'est chevrier, qu'on dit, répondit Gilles d'une voix triste.

Il aurait voulu lui expliquer que son coin perdu, c'était son bout du monde à lui. Et qu'aller au bout de ça, ça se méritait. Henri le lui démontrait chaque jour. Avant, lors de ses voyages, il croisait des gens qui voulaient savoir ce qui se cachait derrière l'horizon. Lui voulait savoir ce qui se cachait au-delà de la ville.

Gilles le savait désormais. Son coin le plus reculé de la planète serait sa campagne. Choisir le bout du monde où il se sentait vivant, c'était une grande chose !

Alors, il mit un X définitif sur Margaux. Il préférait de beaucoup la vie avec Margotte.

21

Ce matin-là, les deux hommes quittèrent, aux aurores, la maison du rang des Vieux-Garçons. Au sortir de la nuit, le ciel s'habillait timidement de couleurs diaphanes. Les roses tendres et les bleus, tels des voiles de mariée, voletaient dans l'atmosphère. Les yeux toujours sanglés dans les brumes du sommeil, les deux hommes s'engouffrèrent dans la vieille guimbarde d'Henri, Gilles prenant le volant. Ils prirent en silence les routes étroites, ensablées et poussiéreuses bordées de conifères en rangs serrés, sirotant de temps en temps leurs cafés encore fumants, dans des thermos.

Après s'être trompé de chemin à deux reprises, Gilles découvrit finalement le tout petit chemin rocheux et pentu qui aboutissait sur une étendue d'eau que lui avait décrite Jean-Marc. Il emprunta ce passage avec prudence, craignant à tout moment que les freins de la vieille voiture lâchent et qu'elle soit précipitée à toute vitesse dans l'eau. Leur ami pharmacien avait raison, le lac Caché portait bien son nom.

Ils arrivèrent enfin à destination. Jean-Marc et Vincent les attendaient déjà. Ils s'apprêtaient à sortir la grande chaloupe de la remorque attachée à la camionnette de Vincent. Ils avaient troqué leurs sarraus blancs, portés à la pharmacie et à la clinique médicale, contre des tenues de pêcheur. Personne ne travaillerait aujourd'hui, si ce n'était pour tirer de l'eau les truites prises au piège des hameçons.

Tandis que les hommes discutaient du plaisir qui les attendait, Vincent répondit à un appel sur son cellulaire. Il s'éloigna de quelques pas pour discuter avec son interlocuteur, tandis que Gilles s'étonnait que les ondes puissent se rendre jusque dans ce coin reculé.

Il revint vers eux, les avertissant qu'il ne ferait malheureusement pas partie de l'aventure, même s'il en aurait eu grandement besoin. Le médecin, bien qu'il ne soit pas de garde, devait se rendre au chevet d'une dame qui réclamait sa présence. Avec le temps, ses patients étaient devenus ses amis.

— Je ne peux pas laisser tomber madame Perreault. Je la suis depuis des années. Elle est au plus mal. Je fais un saut chez elle, je vois de quoi il retourne et je vous rejoins.

Ils détachèrent la remorque fixée à sa camionnette, en sortirent tout l'équipement nécessaire et le disposèrent dans la chaloupe. Puis les trois hommes le regardèrent s'éloigner avec regret.

— La mort et la maladie, ça n'attend pas, philosopha Henri. Mais nous, on est là, et les poissons n'ont qu'à bien se tenir !

Il se frotta les mains en déclarant que l'expédition du jour serait formidable. Ils s'apprêtaient à vivre ensemble une journée de pêche bien méritée. Gilles avait été très réticent à accepter l'invitation, maintes fois répétée par Jean-Marc.

— Voyons, les gars. Ça serait pas mal de taquiner le poisson, avait suggéré ce dernier.

Et il avait poursuivi en disant que l'air frais leur ferait le plus grand bien.

— La pêche, c'est bon pour ce que vous avez, avait conclu Vincent lorsqu'ils s'étaient rencontrés à l'occasion d'une promenade avec les chèvres.

— Et qu'est-ce qu'on a? avait demandé Gilles, sur la défensive.

— Vous avez la maladie du travail. Il n'y a pas que ça, dans la vie. Il faut quitter la terre ferme, parfois. Comme moi, vous ne faites que travailler... La pêche à la truite, ça guérit de tout! avait déclaré leur médecin et ami.

— Allez! Jeudi matin, 5 h 30, avait décidé le pharmacien. C'est mieux que n'importe quel médicament. C'est une prescription de votre professionnel soignant. Je fournis l'embarcation et les gilets de sauvetage, vous apportez le lunch.

Henri avait insisté, ils prendraient cette journée de congé pour taquiner le poisson. Gilles avait protesté: la dernière fois qu'il avait tenu une canne à pêche, c'était avec son père à l'âge de quatorze ans.

— La pêche, c'est comme la bicyclette, ça ne s'oublie pas, fiston.

À cet instant précis, alors que le ciel semblait s'étirer de belle façon au sortir du lit, Gilles avait retrouvé, en ce petit matin frileux, un peu de la fibre aventureuse qui était son lot dans une ancienne vie. Il réalisa tout à coup qu'il avait, outre les voyages et les accompagnements qu'il effectuait à titre de guide, mis tout cet univers d'explorations et de découvertes de côté. Combien de fois auparavant avait-il suivi un Autochtone qui voulait lui faire découvrir un coin perdu de son pays ? Combien de fois s'était-il aventuré au-delà des sentiers battus, très loin de toute terre habitée, empruntant des chemins peu séduisants où sa sécurité était compromise ? Et dire qu'avant il y allait tête baissée, souvent sans se poser la moindre question… « Tu vieillis, se dit-il. Tu vieillis mal. »

Les hommes montèrent à bord de la grande chaloupe, Gilles à l'avant, Henri au milieu et Jean-Marc à l'arrière, aux commandes du moteur. Ils partaient le cœur léger, sans soucis puisqu'une fois de plus ils avaient pu compter sur l'aide précieuse de Patrick pour nourrir et traire les bêtes.

Cette journée se présentait comme des plus prometteuses. La température s'annonçait idéale. À cette heure matinale, le silence était maître, ponctué ici et là par le coassement guttural de quelques grenouilles et le *ioulement* des huards qui dévoilait leur présence.

Henri était heureux comme un enfant penché sur un trésor. Il sortait avec précaution de son coffre de pêche les leurres, cuillères et mouches qui lui rappelaient de jolis souvenirs et qu'il installait avec soin et à l'avance au fil des cannes à pêche. Gilles savourait le vent frais de l'aube, essayant de retrouver dans sa mémoire ces instants précieux qui, à un moment de sa vie, avaient fait de lui un aventurier. L'image semblait enfouie en lui, mais elle traversa tout de même son esprit. Il se revit devant cet homme qui avait multiplié les expéditions à la terre de Baffin, au Groenland, et gravi les monts des quatre coins du monde, et qui visitait, ce jour-là, sa classe. Ils étaient tous de jeunes enfants curieux, avides des secrets qui feraient d'eux des hommes comme lui. Bernard Voyer avait répondu à la question de Gilles sur la toute première chose à faire pour devenir un explorateur en lui conseillant de se hisser sur le bout des pieds et de regarder au loin.

Gilles s'était d'abord montré fort malhabile avec sa canne à pêche une fois jetée l'ancre. Mais avec deux spécialistes à bord, il avait rapidement appris quelques trucs : comment s'armer de patience en tirant sa ligne, comment manier avec dextérité son moulinet, et il avait surtout cessé d'effrayer tout un chacun lorsqu'il lançait sa ligne à l'eau. Henri pêchait maintenant à l'arrière, ce qui permettait à Gilles et à Jean-Marc de tirer leurs lignes de chaque côté de l'embarcation sans risque qu'elles s'emmêlent ou que l'un des vétérans se fasse éborgner par le jeune.

Les truites, au début réticentes à s'approcher de l'embarcation, finirent par devenir gourmandes à mesure que la journée avançait. Elles se laissaient plus facilement taquiner. On assista Gilles pour dégager sa ligne qui s'était prise dans les herbes, on aida Henri à sortir un poisson trop gros pour la force de ses bras, et, grâce à l'épuisette, on sauva une belle prise de Jean-Marc.

Ils en perdirent quelques-unes, remirent à l'eau les plus petites, mais virent les chaudières se remplir de belles truites mouchetées. Chacun évoqua sa recette idéale. La joie régnait dans l'embarcation. Il y eut même un fou rire tonitruant qui ne semblait plus vouloir s'éteindre, qui effraya les volatiles tout autour, mais qui fit un bien incroyable aux pêcheurs. Jean-Marc avait eu besoin d'un mouchoir pour s'essuyer les mains, il avait fouillé dans sa poche et en avait sorti une toute petite chose qu'on avait enfin réussi à mettre de côté avec soulagement, un masque de coton retenu par des élastiques, si longtemps porté pour contrer un virus terrifiant, qui avait enflammé les esprits, usé toutes les patiences et semblé ne jamais vouloir disparaître de nos vies. Ce symbole d'un passé pas si lointain, sortant d'une poche comme d'une boîte à surprise, avait donné l'envie furieuse d'en rire aux éclats, puisque cette terrible année *covidienne*, une très longue année masquée, à l'abri derrière des plexiglas, où la vie avait été mise sur pause, était enfin derrière eux.

Un grand silence suivit les éclats de rire. Cette terrible année de tous les dangers, où des millions de personnes avaient disparu de la planète, avait tout de même laissé des séquelles en chacun. Des angoisses pas complètement éteintes, des deuils d'amis, de parents, de connaissances.

Gilles eut droit à quelques anecdotes de pêche, où les deux pros rivalisèrent d'excentricité. La plus farfelue vint d'Henri, qui raconta que, dans sa prime jeunesse, lui et ses amis avaient trouvé toutes sortes de trucs fabuleux pour une pêche miraculeuse. Ils étaient jeunes, un peu fous, pas très conscients de leurs gestes et peu enclins à protéger l'environnement. Le braconnage était courant, à l'époque. Il fallait bien manger...

Jean-Marc ajouta qu'au Québec ce genre de pêche prohibée avait eu lieu pareillement. Heureusement, ça n'existait plus, précisa-t-il. Il fut aussi question du plus gros poisson qu'ils avaient pêché, de celui qui leur avait donné le plus de fil à retordre pour l'amener à bord.

Le soleil dardait toujours le lac de ses rayons, mais la pêche tirait à sa fin. On avait rangé dans le fond de la chaloupe les cannes à pêche et on entama la collation préparée par Henri et Gilles. Les trois hommes mordirent à pleines dents dans les sandwichs. Entre deux bouchées, Jean-Marc constata que le jeune homme ne parlait pas beaucoup et voulut connaître les aventures de pêche auxquelles il avait participé.

— Une fois ou deux avec mon père, mais on était loin de la pêche miraculeuse. Il n'a pas prononcé un mot pendant deux jours. Ils sont assez taiseux, dans ma famille.

Il relata le souvenir d'une pêche de nuit, sur la Côte-Nord, à Mingan, avec des dizaines d'enfants innus d'Ekuanitshit. Un soir de pleine lune, ils avaient fait de grands feux sur la grève et ils attrapaient les capelans, à pleines mains ou avec une salebarde, une sorte d'épuisette. Il se remémora d'autres pêches, plus exotiques celles-là, sur des îles lointaines où l'on attrapait le poisson avec de petits harpons de fortune.

— Si je comprends bien, tu n'aimes pêcher qu'avec des cannes à pêche de fortune et des enfants.

— Ou de grands enfants, commc vous, ajouta Gilles. Que veux-tu, c'est comme ça que j'ai appris la pêche. Je devais avoir quatre, cinq ans, pas plus. J'arrive encore à sentir l'eau glacée de la rivière sur mes chevilles.

— Je m'en souviens, poursuivit son grand-père. Et moi, il m'arrive encore d'entendre tes petits cris. Tu étais tellement excité ! Je crois que tu n'en avais pas dormi de la nuit.

— C'était à Arette. On était en vacances avec les parents. C'est Pachou qui m'a appris à attraper les poissons avec mes mains.

— À la façon *gaougne* ! déclara Henri.

— La quoi ? s'informa Jean-Marc.

— Quand les poissons fraient dans les rivières, c'est le moment où les femelles déposent leurs œufs et que les mâles viennent les féconder, les poissons sont moins fringants. Il suffisait de les prendre avec les mains, à la méthode *gaougne*. C'est comme ça que le petit a appris.

Gilles continuait de sourire ; il touchait la paume de ses mains avec le bout de ses doigts, comme s'il sentait encore la présence des minuscules poissons luisants qui frétillaient. Il s'étonnait qu'un souvenir si simple puisse le réjouir autant.

La chaleur devint vite insupportable. Henri, toujours à l'arrière de l'embarcation, se dégagea de son gilet de sauvetage et retira sa chemise de laine. Mais au lieu de remettre la protection gonflable, il monta sur le banc et sauta à pieds joints dans l'eau, sans que personne dans l'embarcation puisse intervenir.

En entendant le bruit que fit son plongeon, Gilles se retourna brusquement pour constater que son grand-père n'était plus dans la chaloupe et que son gilet était resté sur le banc.

— Pachou ! hurla-t-il.

Paniqué, il grimpa à son tour sur le banc et sauta en s'enfonçant rapidement dans l'eau noire afin de repêcher le vieil homme. La chaloupe valdingua légèrement. Jean-Marc, tout en se cramponnant sur le bord, se pencha sur le côté de l'embarcation, observant, affolé, le sauvetage en cours, tendant les bras pour agripper celui ou ceux qui remonteraient à la surface.

Gilles réapparut enfin, tenant Henri à bras-le-corps. Jean-Marc s'empressa de le tirer à bord avec moult efforts, secondé par Gilles qui le poussait avec la force du désespoir. Une fois que son grand-père fut installé dans la barque, il remonta à son tour. Le vieil homme reprit rapidement ses esprits. Il était très content de lui. Ni le pharmacien ni Gilles n'eurent à lui prodiguer les premiers soins.

— Ah ! Ça fait du bien ! déclara Henri en s'agitant pour assécher sa tête, aspergeant tout autour de lui.

Gilles ne comprit pas tout de suite. Il était convaincu que son grand-père avait eu un malaise et était tombé. Puis, réalisant que ce dernier avait volontairement sauté à l'eau, il explosa.

— Es-tu malade ?! hurla-t-il. C'est quoi cette idée de te *pitcher* à l'eau sans gilet ? En plein milieu du lac ! T'aurais pu te noyer !

— Hein ? répondit Henri.

Gilles se mit à secouer son grand-père comme un prunier.

— Ne me fais plus jamais ça ! T'as perdu la tête ou quoi ?

Le vieil homme se défendit comme il put.

— J'avais chaud. L'eau fraîche, ça fait du bien. Je dois pouvoir encore faire ce que je veux, à mon âge !

Il avait les traits d'un petit garçon boudeur après qu'on l'eut réprimandé. Gilles resta près d'Henri, assis au fond de la chaloupe, et s'essuya le visage et la tête en continuant de marmonner que non, à son âge, il ne pouvait pas faire tout ce qu'il voulait, pas lui faire des peurs pareilles, en tout cas. Il tempêtait contre son vieux tout en le berçant. Jean-Marc remit le moteur en marche.

Au moment où ils arrivèrent près de la rive, ils n'eurent pas longtemps à attendre le retour de Vincent. Mis au courant de l'incident, ce dernier décida quand même d'ausculter le vieil homme et en conclut que le cœur battait peut-être un peu vite, mais que, dans toute cette histoire, il y avait sans doute eu davantage de peur que de mal.

— Avertis-nous la prochaine fois que tu voudras faire une saucette, dit-il à son vieil ami.

Il s'inquiétait davantage pour Gilles, qui semblait le plus ébranlé des deux.

— Ça devrait aller. Une bonne nuit de sommeil et tout le monde sera sur pied demain.

Ils partagèrent le fruit de leur pêche avant de reprendre chacun la route de chez soi. Gilles était encore choqué par la frayeur que lui avait faite son grand-père. Alors que cette journée avait été si formidable, alors que les chaudières regorgeaient de truites, la peur continuait quand même de s'insinuer dans ses veines.

Et au moment où Henri annonça à ses amis qu'il allait bientôt se remarier, il sut que son grand-père redevenait le petit garçon qu'il avait été, celui qui sautait à l'eau sans avertir, celui qui attrapait les poissons avec ses mains, et que le grand garçon, le raisonnable, le responsable, dorénavant, c'était lui.

— Tu vas te remarier, toi ? demanda Vincent, un peu troublé par cette déclaration.

Il ajouta, à la blague :

— On connaît l'heureuse élue ?

— Oui. Je l'ai appelée l'autre jour et elle m'a dit oui. Avec elle, je vais pouvoir faire tout ce qui me tente. C'est la fille qui me fait des gâteaux au chocolat. Je vais me marier avec Tiphaine de Tricornot.

À leur retour à la maison, après avoir déposé les truites dans le lavabo, Gilles aida son grand-père à enfiler sa liquette. Il mit leurs vêtements mouillés et souillés dans la laveuse et prépara le souper.

Henri s'offrit pour nettoyer les poissons. Toute cette histoire de mariage et de baignade semblait derrière lui. Il était redevenu le vieil homme sensé et rationnel qui maniait l'Opinel avec habileté.

— Je vais les faire cuire demain sur le barbecue. Tu vas adorer ça, dit-il à son petit-fils. Fines herbes et citron. Ça va te rappeler les fritures qu'on avait faites avec les petits poissons que tu avais attrapés avec tes mains.

Ils mangèrent en silence. Gilles n'osait pas aborder l'incident de l'après-midi. Il attendit que son grand-père se mette au lit et sombre dans un profond sommeil pour se précipiter sur son cellulaire.

22

D'abord, il avait eu l'intention d'avertir ses parents. Mais il avait rapidement changé d'avis, d'abord à cause du décalage horaire avec la France, mais surtout parce qu'il craignait de les effrayer pour rien. Connaissant sa mère, elle allait préparer leurs bagages dans la minute et débarquerait au Québec le temps de le dire.

Il se versa une autre bière, en espérant faire baisser la pression. Il revit, en détail, chaque minute de cet après-midi. Tantôt son grand-père tenait des propos tout à fait cohérents puis, l'instant d'après, il délirait. Vincent et Jean-Marc le lui avaient pourtant dit à maintes reprises : ces comportements singuliers et quelque peu inquiétants faisaient partie du processus de fin de vie normal d'une personne âgée.

« La fin ? Déjà ? » se répétait en boucle Gilles. Son grand-père si bellement retrouvé et si vite disparu ! Il fallait tout de même qu'il se raisonne et qu'il apprivoise l'éventualité d'un départ annoncé. Mais ce soir, il n'y arrivait pas. Demain non plus, sans doute.

Pour l'instant, Henri était toujours là. Cahin-caha, mais encore là. Il n'était pas encore passé de l'autre côté des choses, comme le vieil homme avait l'habitude de *ripipiller*. Et Gilles ne se sentait pas capable de le laisser partir. Il soupira longuement, luttant contre l'envie de pleurer, là, sur la table de la cuisine. Comme un enfant.

Durant cette dernière année de pandémie, il avait eu beaucoup de temps pour voir passer le temps. Mais maintenant que cette période difficile était derrière lui, du temps, il n'en avait plus. Plus suffisamment, en tout cas.

Il savait vers qui il devait se tourner pour trouver des réponses à ses pourquoi devenus trop lourds pour lui. Mais répondrait-elle à son appel au secours ?

Sa vie se déroulait sans lui, depuis quelques mois. Il avait beau tourner et retourner ses idées, il revenait toujours à la même solution : il fallait qu'il l'appelle. Il savait que la seule qui comprendrait ses peurs et qui arriverait à calmer ses craintes, c'était elle. La Janie à saveur de chocolat. La Tiphaine de Tricornot d'Henri. La complice, celle qui avait partagé avec lui de longues promenades, des soirées sous les étoiles et beaucoup de rires. L'amoureuse des animaux, l'entichée de la vie. La douce Janie qui lui manquait tant et qu'il avait laissée partir. Parce qu'il y avait François, celui qui avait été son colocataire dans son ancienne vie et qui faisait dorénavant partie intégrante de celle de Janie. On disait François et Janie, maintenant.

Il finit par composer le numéro et, tout en patientant, il s'apprêtait à formuler un message. « Bonsoir Janie, c'est Gilles, j'aurais besoin… »

— Allô ?

— Euh ! Oui… Janie, c'est…

— Je t'ai reconnu, Gillou. Ça va ?

— Moi, ça peut aller. C'est plutôt Henriquet…

Brusquement, il lui demanda s'il n'appelait pas trop tard.

— Ça dépend. Trop tard dans la soirée ou trop tard dans le temps ?

— …

— Bon ! Pour répondre à la première question, non, je ne suis pas encore couchée, et pour l'autre… j'avais hâte que tu me fasses signe.

Gilles fut pris au dépourvu et ne sut quoi répondre à cela. Il reprit le sujet de sa détresse première.

— Henriquet… Il perd pied.

— Il a fait un autre malaise ? s'enquit-elle, inquiète.

— Non, non. Ça, ça va. À part le fait qu'il se jette à l'eau sans avertir, qu'il se met en colère pour des bêtises, qu'il compare son corps au tremblement de terre qui a eu lieu dans son village natal… C'est compliqué, je t'expliquerai. C'est dans sa tête qu'il perd pied. Il glisse vers… son enfance.

— C'est un bel endroit où voyager, dit-elle doucement.

— Peut-être, je… Est-ce qu'il t'a téléphoné dernièrement ?

— Pour me demander en mariage ?

— Oui…

— Oui. On a beaucoup ri ensemble. Je lui ai dit que je n'étais pas libre puisque j'aimais quelqu'un d'autre.

— Ah, laissa échapper Gilles.

— Ça ne l'a pas découragé pour autant. Il a dit qu'il m'attendrait. Qu'il savait qu'un jour je viendrais vivre chez lui.

Ils laissèrent passer un long silence.

— J'ai peur de le perdre, tu comprends ? Il vient tout juste de revenir dans ma vie et il faut déjà que je le perde…

Elle l'écouta sans mot dire.

— J'ai encore tellement de choses à apprendre de lui. Il parle peu, mais j'aime bien cette éducation silencieuse. Au début, je voulais rien savoir de lui, de ses animaux, de sa vie de sédentaire. Mais… tout ça… c'est peut-être ça, la vraie vie. Toute simple. Ça nous a pris du temps pour apprendre à nous parler. On s'est retrouvés sur le tard. On s'est rapprochés et il va partir…

Il changea brusquement de ton.

— Bon. Je parle… Je… je suis un peu soûl. Je m'excuse. Je ne te dérangerai pas plus longtemps.

Il avait des sanglots dans la voix.

— Gillou ? Tu veux que je vienne ?

Elle n'attendit pas sa réponse.

— Donne-moi deux jours. Le temps de prendre de l'avance sur les commandes. Il faut aussi que je prépare quelques desserts pour le restaurant.

Vive les congélateurs ! Ça me laissera du temps pour... J'arrive.

Il s'en voulut. Il avait l'impression qu'elle débarquait en troisième vitesse parce qu'il s'était plaint. Parce qu'il faisait pitié.

— Regarde, oublie ça. Je vais me débrouiller.

— Si tu ne veux pas que je vienne pour toi, je viens quand même, mais pour ton grand-père. Ça te va comme ça ?

— Texte-moi l'heure d'arrivée de ton bus, suggéra Gilles. Je viendrai te chercher.

— Ce ne sera pas nécessaire. François va m'amener.

Et elle raccrocha. Il resta longtemps, le téléphone à la main et le chagrin au fond de la gorge.

Le lendemain, Henri avait retrouvé ses couleurs, son humour et sa joie de vivre. Il toussait un peu, mais pas plus qu'à l'habitude. C'était une de ses bonnes journées. Tout allait bien, Janie n'allait pas tarder à arriver. Il s'affairait à préparer le barbecue. Il avait confié à Gilles la tâche d'aplanir une grande bûche d'érable qui servirait d'assiette de cuisson aux truites sur le brasero. Le reste était tout simple : citron, oignons et fines herbes. Un riz pilaf, quelques champignons. Gilles avait également reçu la mission d'acheter des bulles.

— Qu'est-ce qu'on fête, exactement ?

— Le retour de Janie. Notre union. La vie !

Pour Henri, le programme de la soirée était de bon augure. Pour ce qui était de l'union entre son grand-père et la jeune fille, que ce dernier tenait à célébrer, Gilles s'inquiétait de la présence de François. Comment le vieil homme allait-il réagir ? Il risquait d'être grandement déçu, sa Janie n'était pas libre… Il en aurait la preuve le soir même. Gilles n'arrivait pas à trouver les mots pour avertir son grand-père de la présence de l'amoureux de Janie, pas plus qu'il ne parvenait à en mettre lui-même sur cet amour qu'il avait laissé filer. Le grand-père et le petit-fils, amoureux de la même fille ! Un mauvais film d'amour qui se terminait en comédie grotesque.

Chaque fois qu'il entendait une voiture s'engager sur la chaussée de terre battue du rang des Vieux-Garçons, son cœur, tel un oiseau pris en cage, s'affolait dans sa poitrine. Henri, lui, chantait de vieilles rengaines à pleins poumons. Un chantre qui s'époumonait avec passion sur des chansons de midinettes à défaut de celles qu'on entonne dans un jubé. Gilles constatait que son grand-père était beau à voir. Il avait retrouvé sa vigueur. Il avait sorti ses beaux habits, il avait enduit de pommade les cheveux qui lui restaient sur le crâne. « Mes trois poils qui se courent après », avait-il l'habitude de répéter.

Gilles était en train de rentrer les poules pour la nuit lorsque Janie apparut, resplendissante dans une petite robe soleil qui lui allait à ravir. Une fois de plus, elle transportait une boîte à gâteau. Gilles se fit la remarque qu'il ne l'avait presque jamais vue autrement qu'avec ces précieux desserts entre les mains. Elle lui offrit son plus beau sourire.

C'est à ce moment-là qu'il aperçut les deux garçons qui se tenaient derrière elle. Il s'approcha, fit la bise à la jeune fille. Il salua François, qu'il n'avait pas revu depuis des mois. Ils se firent l'accolade comme si de rien n'était. Gilles constata que son ancien colocataire et ami avait changé. Il était plus mince, et souriant, alors que Gilles l'avait toujours connu bourru et effacé. Une certaine aisance émanait de lui tandis que Gilles, lui, tentait de camoufler son malaise. Il présenta le garçon qui l'accompagnait.

— Je te présente Mat. En fait, c'est Mathieu.

Gilles salua d'un signe de tête le jeune homme qui s'avançait vers lui.

— C'est mon chum.

Un court instant, la terre s'arrêta de tourner et Gilles, de respirer.

23

Les garçons ne resteraient que pour le souper. Ils avaient tenu à accompagner Janie à la ferme. Ils séjourneraient un jour ou deux chez les parents de Mathieu, qui avaient loué dans la région un chalet pour l'été. Ils la ramèneraient en ville à la fin de son petit séjour. Si elle le voulait, bien entendu, avait déclaré François avec un petit sourire énigmatique, comme si ce dernier était au courant de quelque chose que Gilles ignorait.

Durant le repas, Gilles hasarda quelques coups d'œil interrogatifs à l'intention de Janie, mais ses tentatives restèrent sans réponse, comme si cette situation était tout à fait normale.

Henri, tout joyeux de cette nouvelle tablée qui appréciait son repas, animait la conversation avec des anecdotes qui faisaient rire les invités. Alors que son grand-père ne semblait pas trouver la situation particulièrement étrange, Gilles, pour sa part, ne cessait de s'interroger. Qu'est-ce qu'il avait manqué ? Était-il le seul à ne pas connaître la liaison entre François et ce garçon ? Que s'était-il passé au juste ? Et Janie était-elle toujours amoureuse de François ? Pourquoi ne lui avait-elle rien dit à ce sujet ?

— Vous auriez dû le voir ! À mains nues. C'est comme ça qu'il a appris à pêcher, en attrapant les petits poissons qui se faufilaient entre les rochers dans la rivière. Cette fois-ci, c'est moi qui ai été sa plus grosse prise. Il m'a ramené à la surface, à la force de ses bras, comme s'il sortait de l'eau un énorme merlu.

— Pachou ! On n'en trouve pas ici, des merlus, objecta Gilles.

— Mais des hurluberlus, oui.

Janie et ses copains rirent de bon cœur.

— Gillou, c'est mon héros. C'est mon Manolin.

Devant les regards confus des jeunes gens attablés, Henri s'employa à leur raconter cette histoire extraordinaire.

— Vous ne connaissez pas le roman d'Ernest Hemingway *Le Vieil Homme et la Mer*? Qu'est-ce qu'ils vous apprennent à l'école, à part Harry Potter ?

Janie saisi la main d'Henri. Aussi curieuse qu'à l'accoutumée, elle désirait savoir.

— Je connais l'histoire, mais pas racontée par vous.

Elle entreprit de découper le joli gâteau surmonté d'une montagne de fraises qu'elle avait apporté et servit les convives tandis que le vieil homme s'appliquait à apporter sa touche personnelle au récit du vieux Santiago, qui, après quatre-vingt-quatre jours de pêche infructueuse, avait décidé de retourner en mer pour mettre fin à la malchance qui était dorénavant son quotidien, et ce, grâce aux encouragements du jeune Manolin qui croyait en ses capacités. Il mima avec de grands gestes le combat épique que Santiago dut mener contre le gigantesque marlin, sa plus belle prise à vie. Il leur relata la lutte acharnée entre l'homme et le poisson qui dura trois jours et deux nuits alors qu'il n'avait plus rien à boire ni à manger. Les jeunes venus de la ville étaient fascinés.

Gilles ne disait mot. Il observait son grand-père, devenu ce vieil homme engagé dans un duel interminable, qui délirait, qui se battait pour sa vie. Les yeux d'Henri étaient fiévreux, il transpirait à grosses gouttes alors qu'il ne faisait pas si chaud. Sa chemise en portait les marques.

Henri s'assit brusquement, épuisé par son récit et une violente quinte de toux. Il poursuivit tout de même en donnant quelques détails supplémentaires.

— Santiago parlait à son énorme poisson. Il avait fini par le nommer « mon frère ». Ce qui le rendait aussi fier, c'est d'avoir vaincu un adversaire si brave.

Les applaudissements jaillirent. Henri se releva. Il était blême, il avait tout donné dans ce spectacle improvisé. Il déclara que le vieil homme était fatigué, qu'il allait reposer sa carcasse. Gilles voulut l'accompagner, mais son grand-père insista plutôt pour que ce soit Janie qui le reconduise à la maison.

— On a des choses à se dire… chuchota-t-il.

Cette dernière fut étonnée de sa demande, mais elle acquiesça avec plaisir. Ils s'éloignèrent tandis que les trois garçons terminaient leur dessert.

— Tout un conteur, ton grand-père ! lança Mathieu. J'aurais aimé avoir mon violoncelle avec moi. J'aurais pu l'accompagner.

Il expliqua à Gilles qu'il était musicien de rue, de spectacles dans de petites salles ou pour des événements privés. Il raconta qu'il avait accompagné des danseurs, des acrobates, des performeurs dans des lieux insolites. François précisa que son chum avait déjà joué dans un musée, sur un terrain de football, dans un champ de maïs et dans un palais des glaces.

— Ça, c'était froid pour les doigts, par contre, rigola Mathieu. Comme tu vois, j'aime me retrouver là où on ne m'attend pas !

Pour ça, Gilles en était convaincu. Il garda cette réflexion pour lui et s'intéressa au type d'instruments dont Mathieu jouait.

— Piano, violoncelle, ukulélé, surtout l'accordéon. J'ai aussi été musicien au Cirque du Soleil.

Pour sa part, François réclama un petit tour dans les bâtiments, pour voir les animaux. Tout au long de la visite, les garçons évoquèrent leur vie passée et la présente. L'ami de longue date de Gilles travaillait toujours en restauration. Il appréciait le fait de retrouver la clientèle. Il n'en pouvait plus de tourner en rond dans l'appartement.

Gilles le questionna pour savoir comment se passait la nouvelle colocation.

— C'est sûr qu'à quatre on est un peu tassés. Mais on s'arrange. Mat, c'est la surprise du mois. On ne l'attendait pas. Même pas moi !

Il se faisait tard ; François et Mat se préparèrent à partir.

— Remercie ton grand-père pour nous. Il est incroyable, ce vieil homme. Pas si vieux, finalement, déclara François. T'es chanceux de l'avoir avec toi. J'aurais aimé ça, un grand-père allumé comme ça. Et bienveillant.

Puis il ajouta sur le ton de la confidence qu'il en allait de même pour Janie.

— Elle est fabuleuse, cette fille. Si elle n'avait pas été là, à m'encourager à faire le saut, jamais je n'aurais osé m'avouer que j'aimais les garçons.

— Et maintenant, ajouta tendrement Mathieu, tu n'en aimes qu'un.

Ils partirent main dans la main en disant à Gilles qu'ils feraient signe à Janie pour le retour en ville. Ce dernier retourna à la table sous la tonnelle et resta un long moment à regarder la nuit tomber. Il sirotait son verre de vin quand Janie revint. Il lui servit un verre.

— Ça a été ? demanda-t-il. J'ai trouvé Pachou extrêmement fatigué. On aurait dit que c'était lui qui sortait ce gros poisson de l'eau…

— Il s'est endormi dès que j'ai fermé la lumière.

Curieux, Gilles attendit la suite. Dans un petit rire amusé, Janie raconta à quel point Henri était coquet. Il lui avait demandé de l'attendre le temps qu'il fasse sa toilette. Elle en avait profité pour fureter dans l'imposante bibliothèque de la chambre.

— Il est revenu en vêtement de nuit, rasé de près et sentant l'eau de Cologne. Une fois installé sous les couvertures, il m'a demandé de venir m'asseoir sur le bord de son lit. Il avait décidé qu'il était trop fatigué pour lire ce soir. J'ai touché son front. Il fait peut-être un peu de fièvre. Il pense qu'il a pris froid. Je lui ai donné deux cachets. C'est correct?

Gilles acquiesça. Elle prenait son temps, comme si ce qu'elle avait à lui dire ensuite était très important. C'est Gilles qui rompit le silence.

— Je présume qu'après ça il t'a fait la grande demande?

Elle lui sourit doucement.

— Effectivement. J'ai eu une demande. Mais pas pour lui.

— Pour qui, alors?

— Pour toi, *petit couillon*. C'est comme ça qu'il t'a appelé.

Gilles fixa Janie, les yeux grands ouverts. Il ne comprenait plus rien.

— Il m'a dit, et je résume: « Mon Gillou, c'est un petit couillon. Tu as dû t'en rendre compte. » Il croit que tu as perdu tous tes repères et toutes tes audaces, alors que tu as parcouru une partie de la planète.

Elle laissa à Gilles le temps d'absorber le message avant d'ajouter:

— Il dit que tu n'arrives plus à t'orienter dans la bonne direction et que tu es incapable d'admettre que tu m'aimes comme un fou.

Gilles rougit d'un coup.

— Il… il t'a dit ça ! balbutia-t-il.

Elle éclata d'un rire franc.

— Mieux que ça… il a chanté !

— Chanté quoi ?

Elle rit de plus belle.

— Une chanson de « Bigfoot et Groslouis ». C'est comme ça qu'il a appelé Bigflo et Oli. Je présume qu'il a dû entendre leur grand succès à la radio.

Elle entonna de sa jolie voix le refrain de la chanson *Dommage.*

— « Il aurait dû y aller, Il aurait dû le faire, crois-moi, On a tous dit : Ah c'est dommage, ah c'est dommage, C'est p't'être la dernière fois… »

Gilles, qui connaissait bien la chanson, poursuivit avec elle.

— « Vaut mieux vivre avec des remords qu'avec des regrets… »

— « C'est ça le secret », conclut Janie.

Les choses venaient d'être dites. Un vertige s'installa, le silence tomba entre eux. Tendre le silence, doux le malaise. Ils se tenaient par les yeux, de chaque côté de la table. Ceux de Gilles étaient embués. Il finit par avouer que son grand-père avait raison.

— Je n'ai fait que résister depuis que je suis ici. M'opposer à la proposition d'Henriquet de prendre la relève sur la ferme. Freiner mes sentiments envers toi. Un jour, il m'a comparé à une rivière qui tremble de peur avant d'entrer dans l'océan, comme si elle allait disparaître. Il a raison, mon vieux, je suis un vrai couillon !

Janie ajouta qu'Henri avait vu tout ça.

— Il a même dit : « Comme je suis obligé de tout faire ici, je te demande de l'aimer. Parce que je sais que toi aussi tu l'aimes. »

Gilles lui avoua qu'il l'avait d'abord aimée comme une amie, puis qu'il avait craqué pour elle un peu plus à chacune de ses visites et su très vite qu'il ne pourrait plus se passer d'elle.

— C'est vrai que tu m'aimes ? demanda-t-il timidement, n'osant présumer de sa chance.

— Qu'est-ce que tu crois, petit couillon !

Il rit tant sa réponse lui fit du bien.

— C'est fou. Je t'imaginais avec tout le monde, sauf avec moi. D'abord avec Nicolas, puis avec François et même avec Henriquet !

Elle se joignit à son rire. Il ferma les yeux pour savourer.

— Moi aussi, je t'aime, lui déclara Janie. Mais j'avais besoin de prendre mon temps. Peut-être parce que c'était trop évident, toi et moi. Ça m'a fait peur, cette certitude. Chaque fois que je suis venue ici, je me tenais près de toi comme si on faisait la paire depuis toujours. Comme si c'était dans l'ordre des choses qu'on soit ensemble. Peut-être aussi parce que tu n'arrivais pas à me faire signe. J'ai eu peur de tout gâcher entre nous si je faisais les premiers pas.

Gilles passa de l'autre côté de la table. Il y eut plein de mots doux chuchotés, plein de caresses. Puis, au moment où ils allaient entrer dans la maison pour vivre plus d'intimité, Patrick, le voisin, arriva. Il semblait dépassé par les événements.

— J'ai besoin d'aide. Henriquet? demanda-t-il sur le ton de l'urgence.

— Il dort. Il est un peu malade, l'informa Gilles. Il a pris froid.

— Une de mes chèvres vient d'accoucher. Trois bébés. Trois! répéta-t-il en riant. Pour une première grossesse, trois, c'est... ça n'arrive jamais! Je vais avoir besoin de lait, dit-il à Gilles. Elle n'arrivera sûrement pas à tous les nourrir.

Gilles partit au pas de course vers la chèvrerie, aussitôt suivi par Patrick et Janie.

— Il m'en reste suffisamment pour quelques jours. J'en ai eu besoin pour Margotte.

Une fois que Gilles eut trouvé le lait en poudre, ils repartirent tous les trois vers la chèvrerie de Patrick. Ce dernier leur raconta en chemin les longues heures d'angoisse qu'ils venaient de passer, Lisa et lui, et les complications de cette mise bas.

Ils avaient d'abord cru qu'il y en avait deux.

— Pour une première gestation, deux, c'est beaucoup, leur expliqua Patrick.

La chèvre était à bout. À un moment donné, elle s'est couchée et semblait avoir abdiqué tant elle était fatiguée.

— On a dû l'aider. Pouvez-vous croire que les trois chevreaux se sont présentés par les pattes arrière ! Il a fallu aller les chercher. Les trois !

Tout en marchant, il expliqua que c'était Lisa qui les avait extirpés un à un du ventre de la chèvre puisqu'elle avait des mains plus fines que les siennes. D'abord un, puis, tandis que Patrick le libérait de son enveloppe de placenta, elle sentit qu'il y en avait d'autres. Elle sentait des pattes, mais pas de museaux. Ils se présentaient eux aussi à l'envers.

— On était sûrs de la libérer de petits mort-nés. Eh bien non ! La nature est incroyable ! Ils sont super vigoureux. Deux mâles et une femelle.

— Et comme souvent les mères favorisent les mâles lors de la tétée, ajouta Gilles, il va falloir en nourrir une au biberon.

— Tu sais ça, toi ! s'étonna Patrick.

— Beaucoup de lecture sur le sujet, et l'expérience commence à rentrer. Tu oublies que je suis le papa adoptif de Margotte !

Ils pénétrèrent tous les trois dans la chèvrerie sans faire le moindre bruit. Gilles avait expliqué à Janie qu'il ne fallait absolument pas effrayer la mère. Lisa, épuisée, leur sourit en montrant du regard les trois petits qui étaient déjà debout sur leurs pattes, à la recherche d'un pis à téter. Un des mâles était tout blanc, les deux autres avaient un pelage de couleur caramel avec quelques taches blanches.

Janie était émue et excitée à la fois. Les chevreaux étaient tellement mignons qu'elle aurait voulu les prendre dans ses bras. Mais elle savait qu'il fallait attendre quelques jours pour cela, sinon la mère risquait de les rejeter. Elle portait sans arrêt sa main à sa bouche pour ne pas crier sa joie devant tant de beauté.

Patrick prépara le nécessaire pour un biberon au cas où la chèvre écarterait un des petits. Les nouveaux amoureux restèrent un temps puis quittèrent les lieux ; Lisa, Patrick et la maman chèvre avaient besoin de repos.

Et Gilles et Janie, de se retrouver enfin seuls.

24

Durant quelques jours, Henri fut mal en point. D'abord, il fut heureux de garder le lit; les vrais jours de congé n'avaient pas été très fréquents dans sa vie. Il pouvait lire, s'endormir l'instant d'après et se gâter en réclamant la présence de Janie. Elle se prêtait de bonne grâce à la montée à l'étage, tandis que Gilles s'occupait des animaux. Elle venait au chevet du vieil homme afin de vérifier qu'il ne manquait de rien ou pour lui apporter ce qu'il réclamait: un verre d'eau, un peu plus de potage, et pourquoi pas un petit morceau de gâteau, ou bien une serviette fraîche qu'elle appliquait sur son front parce que la fièvre était encore présente.

Parfois, le vieil homme n'avait aucune demande précise. C'était uniquement pour l'avoir auprès de lui. Il voulait être certain qu'il n'avait pas rêvé et qu'elle était bien présente à la ferme avec Gilles. Il se rendormait alors tout à fait rassuré, en répétant qu'il avait toujours su qu'elle viendrait vivre chez lui. Janie ne le contredisait pas.

Elle n'était pas encore installée à demeure, bien que cette vie loin de la ville lui permît d'entrevoir des jours meilleurs. Sa relation avec Gilles n'en était qu'à ses balbutiements. Ils vivaient tous les deux sur un petit nuage, leurs yeux pétillaient à la vue de l'autre, leurs bouches se faisaient de plus en plus gourmandes, toutes les occasions étaient bonnes pour que leurs mains partent à la découverte du corps de l'autre. Mais comme on ne savait jamais ce que la vie pouvait nous réserver, Janie restait prudente.

Lorsque la fièvre augmenta, Gilles et Janie s'inquiétèrent. Henri se mit à délirer. Il mélangeait tout. Il voulait faire la lecture à Marie, mais ses yeux se fermaient tout seuls à cause de la fièvre. Il voulait se lever pour aller terminer la réparation du grille-pain, qui n'était pas encore tout à fait au point. Puis il voulait regarder le journal télévisé pour voir si Tiphaine ne lui ferait pas un petit signe. Il mélangeait le tremblement de terre d'Arette et celui décrit dans *Le Soleil des Scorta*, son livre de chevet qu'il n'avait jamais accepté de prêter, malgré les nombreuses demandes des lecteurs qui venaient s'approvisionner dans sa grande bibliothèque. «Je ne l'ai pas encore terminé», disait-il, alors qu'il le connaissait presque par cœur.

Henri n'en menait pas large. Il avait perdu du poids et risquait de perdre la raison. Janie et Gilles avaient épuisé les remèdes habituels trouvés dans la pharmacie et ceux fournis par Jean-Marc, qui pensait bien soulager son vieil ami de cette terrible grippe. Lorsque Henri fut secoué par de fortes quintes de toux qui l'empêchaient de trouver et le sommeil et son souffle, Gilles réclama la présence du docteur Lamoureux. Ce dernier promit de passer après sa tournée à l'hôpital.

Après avoir ausculté minutieusement Henri et avoir longuement parlé avec lui, Vincent s'entretint avec Gilles et Janie, à la cuisine, devant un café.

— Il est très faible. Je devrais l'hospitaliser pour l'hydrater davantage. Mais, vous le savez aussi bien que moi, il ne veut rien savoir. Têtu comme un Basque ! On ne peut pas le forcer...

— Il m'a dit que, s'il devait y rester, c'était dans son lit que ça se passerait, ajouta Gilles.

Vincent donna à Gilles la réponse qu'il attendait sans oser le questionner, à savoir si son grand-père pouvait se sortir de cette mauvaise passe.

— Vous le connaissez. Même si je le trouve vraiment fatigué, il peut se remettre sur pied. Je vais demander à Jean-Marc de livrer des médicaments pour lui permettre de trouver le sommeil, et j'enverrai une infirmière pour lui faire les perfusions nécessaires. Ça devrait lui redonner un peu d'énergie. À son âge, il ne faut pas négliger ces grippes. Elles sont terribles. Laissez-le manger tout ce qui lui plaît.

Avant de partir, il dit à Gilles de ne pas hésiter à l'appeler sur son cellulaire si la situation changeait.

Normalement, Janie aurait dû être rentrée à Montréal depuis quelques jours. Son travail de pâtissière la réclamait en ville. Après avoir longuement parlé au téléphone avec Nicolas, ils se mirent d'accord sur la solution proposée par cette dernière, afin de pallier son absence prolongée. Durant plusieurs mois, elle avait réussi à expédier vers la campagne, par autobus, les pâtisseries destinées à Henri, bien protégées dans des sacs de transport thermiques garantissant leur fraîcheur à l'arrivée. Pour l'instant, elle cuisinerait de la campagne et utiliserait le même moyen de transport, en direction du restaurant de Nicolas. Gilles avait fait les achats nécessaires, remplissant la liste de courses préparée par Janie. Il avait dû parcourir des kilomètres supplémentaires pour dénicher des denrées peu courantes dans les commerces du coin. Les contenants réfrigérés sécuritaires qu'elle avait employés pour les gâteaux expédiés à Henri avaient servi pour les premiers envois. Mais il avait ensuite fallu en trouver d'autres, ce qui n'avait pas été une mince tâche. Gilles y était parvenu.

À part la confection des desserts pour le restaurant, Janie concoctait au vieil homme des bouillons, des gâteries. Elle lui faisait également la lecture. Gilles lavait les draps et les vêtements de nuit trempés de sueur et réinstallait son grand-père dans une literie toute propre. Henri réservait encore la place à ses côtés à Marie, mais il aimait bien par contre que Gilles et Janie s'assoient tout près de son lit. Il parlait peu, redevenait taiseux. Il les regardait longuement avec un petit sourire satisfait. Il semblait fier de les avoir réunis.

Un soir que Gilles rentrait d'une promenade avec les chèvres, il monta directement à la chambre d'Henri, sans prendre le temps d'enlever ses vêtements de travail, ce qui fit dire à ce dernier une phrase qu'il répétait quelquefois :

— Une paire de bottes, un litre de rouge, une chèvre et je file vers la montagne !

Ils rirent. Gilles se souvenait des paroles de son grand-père lorsque Marie le poussait hors de la cuisine ou qu'un intrus prenait racine. Il était heureux de constater que son grand-père allait un peu mieux.

La veille, en parlant de sa Marie, il l'avait appelée l'*incantada*, l'enchantée. Il semblait ailleurs, loin de ce monde. Il avait récité de mémoire les paroles en français que partage le chanteur du groupe Los de Nadau avec son public avant d'entonner, en béarnais, *L'Encantada*.

— « Quand je l'ai vue pour la première fois, elle traçait son chemin sans regarder rien ni personne. À moi, ça m'a fait *patapim, patapam*. Et j'ai perdu la faim et j'ai perdu la soif. Je savais que plus rien ne serait comme avant. Ni le vert de la prairie ni le froid de la neige, ni le chant des enfants, ni la course du soleil qui fait danser les années. Plus rien ne serait comme avant. Moi qui avais toujours su dire non et dire adieu, moi qui n'avais jamais prié ni homme ni Dieu, j'étais entré dans l'église et j'avais plié le genou pour demander ce que je voulais le plus au monde : respirer à côté d'elle. Je ne savais pas son nom, je l'appelais *L'Encantada*. »

Et il avait ajouté, les larmes aux yeux :

— Je n'ai vécu que pour la rencontrer.

À ce moment-là, les yeux de Janie et de Gilles s'étaient croisés et ils avaient pensé que le seul amour véritable, c'était celui-là.

Ce soir-là, le vieil homme demanda à Janie et Gilles une histoire vraie à défaut de l'habituelle lecture de roman. Les jeunes amoureux se regardèrent, inquiets. Qu'allaient-ils pouvoir raconter ou inventer ? Gilles trouva finalement une histoire, et une fort jolie, en plus.

Deux dames venaient tout juste de la lui raconter lors de sa promenade de l'après-midi. Ces deux sœurs revenaient d'un voyage en Italie. Elles s'étaient rendues dans le petit village des Pouilles où leurs parents étaient nés. Gilles en avait beaucoup de souvenirs, ayant séjourné dans la région comme guide touristique. Les deux femmes, nées au Québec, étaient allées porter, dans ce village qu'elles ne connaissaient pas mais dont elles avaient entendu parler toute leur vie, les cendres de leurs parents décédés à deux jours d'intervalle. Elles avaient dû attendre la fin de la pandémie pour effectuer ce voyage. Se sentant en confiance avec Gilles, elles lui avaient fait part de nombreuses anecdotes les concernant. L'une d'elles valait le détour. C'est celle que Gilles partagea avec son grand-père, ravi comme un enfant qu'on lui raconte une histoire toute neuve.

Enzo et Graziella, les futurs parents des deux dames, étaient de jeunes amoureux en 1944, en pleine guerre. La vie était difficile, le fascisme faisait des ravages, on ne trouvait pas toujours de quoi manger. Enzo, en âge d'être enrôlé dans les troupes de Mussolini, avait décidé de fuir rapidement l'Italie pour ne pas participer à cette guerre monstrueuse. Après bien des recherches, il avait fini par trouver les visas nécessaires pour se rendre au Canada, où un cousin pourrait les héberger. Puisqu'il n'était pas question qu'il parte sans sa bien-aimée, les amoureux avaient décidé, contre l'avis de leurs familles, de monter à bord d'un bateau qui les mènerait en lieu sûr, en Amérique. Puisqu'ils n'étaient pas mariés, il était hors de question qu'ils voyagent ensemble. Aussitôt à bord, ils avaient été séparés. Enzo craignait pour sa belle. Il croyait devenir fou dans sa section de célibataires. Aidé d'un ami, au péril de sa vie, il avait fini par voler des vêtements féminins suspendus aux cordes à linge de fortune et s'était déguisé en femme. C'est ainsi qu'il avait terminé la traversée aux côtés de Graziella. De toute leur vie, ces deux-là avaient été séparés deux jours sur le bateau en attente d'un nouveau monde et deux jours également entre leur départ respectif pour un autre monde. Enzo et Graziella étaient maintenant enterrés côte à côte, à l'endroit où ils avaient vu le jour.

Cette histoire semblait avoir apaisé Henri, qui s'endormit en souriant.

Le lendemain, après avoir dégusté à petites bouchées une part de chocolat, il insista pour qu'on lui relise un extrait. Il voulait qu'on trouve la page 131. Mais de quel roman ? C'est Gilles qui, en feuilletant les livres déposés sur la table de nuit de son grand-père, alluma.

— *Le Soleil des Scorta.*

Or le roman était introuvable. Gilles et Janie écumèrent la bibliothèque, les tiroirs de la table de nuit, fouillèrent sous le lit, vérifièrent dans la salle de bain… Rien à faire. Il n'était nulle part.

Durant la recherche du roman perdu, Janie murmura à l'oreille de Gilles qu'elle avait l'impression qu'ils s'étaient transformés en parents affolés par la perte du doudou de leur petit. Henri, qui s'énervait et répétait sans cesse le nombre 131 entre ses quintes de toux, avait effectivement l'allure d'un jeune enfant.

C'est en replaçant les oreillers pour apporter plus de confort au vieil homme qu'ils mirent la main sur le fameux roman, coincé derrière le traversin. Janie se précipita sur la fameuse page et en entreprit la lecture. Henri se calma aussitôt.

Ils étaient beaux à voir, tous réunis autour du vieil homme. D'abord Gilles et Janie, de chaque côté du lit, puis Guapa couchée sur les pieds de son maître, et les jumelles Prune et Praline étendues sur son flanc. Il ne manquait plus que les poules et les chèvres, et tout le monde aurait été présent pour assister à la lecture.

Il y était question d'un certain Raffaele qui avait réuni sa grande famille, jeunes et vieux, pour un banquet gargantuesque. Au moment des cafés et des digestifs, il leur avait dit: « Promettez-moi que chacun d'entre vous racontera une chose à mes enfants. Une chose qu'il a apprise. Un souvenir. Un savoir… Un secret que vous avez gardé pour vous et que vous ne direz à personne d'autre. Sans quoi nos enfants resteront comme les autres. Ignorants du monde. »

Henriquet mêla sa voix à celle de Janie. Il prononça les mots qu'il connaissait par cœur.

— « Qu'il en soit ainsi. Que chacun parle au moins une fois dans sa vie… Pour transmettre… Pour dire ce qu'il sait avant de disparaître. »

Le vieil homme était satisfait. Il caressa la joue de Gilles, embrassa la main de Janie et ajouta que le moment était venu de tourner la page et de refermer le livre.

Janie déposa le roman sur la table de chevet tandis que Gilles couvrait son grand-père avec la couette pour qu'il ne prenne pas froid. En descendant l'escalier, les amoureux se dirent que cette façon de passer le savoir imaginé par l'auteur du roman était formidable. Tout le monde devrait agir ainsi. Transmettre ses connaissances aux suivants, c'était le plus bel héritage qui soit.

25

Janie préparait le petit déjeuner lorsque Gilles entra dans la cuisine. Il revenait de traire les chèvres et de nourrir les poules. Elle lui retira les œufs qu'il avait ramassés dans le poulailler et plaça la corbeille près du poêle. Gilles aperçut le vieux grille-pain sur la table et avisa la jeune femme que ce dernier ne fonctionnait pas; c'était celui qu'Henri s'acharnait à essayer de réparer. Il s'apprêtait à mettre quelques bûches dans le poêle à bois afin de faire griller les tranches sur la surface chaude, comme ils avaient pris l'habitude de faire depuis qu'ils n'avaient plus de grille-pain, lorsqu'il entendit le petit son métallique annonciateur de la venue de tranches de pain fraîchement rôties. Ils se tournèrent tous les deux vers la table. Le fameux grille-pain, tant de fois bidouillé, manipulé, dont toutes les pièces avaient été si souvent remplacées et soudées par Henri, venait de fonctionner pour la première fois et de dorer à la perfection les tranches que Janie y avait introduites.

Étonné du petit miracle qui venait de se produire, Gilles se précipita à l'étage pour livrer la bonne nouvelle à son grand-père.

— Pachou ! Tu as réussi ! cria-t-il tout en grimpant quatre à quatre les marches de l'escalier.

Puis un grand silence se fit entendre dans la maison. Janie monta à son tour, inquiète. Elle trouva Gilles debout près du lit de son grand-père, immobile, respirant à peine. Des larmes coulaient sur ses joues. Ni le chien ni les chats n'avaient bougé de leur place depuis la veille. Henri semblait dormir profondément. Alors elle sut que le vieil homme était parti durant la nuit. En silence, comme le taiseux qu'il était. En s'approchant du lit, elle constata que la bordure du drap blanc était maculée de traces de chocolat. Sa dernière collation.

Elle alla prendre Gilles dans ses bras, qui se répandit en longs sanglots.

Ils laissèrent Henriquet dans la position du dormeur, avec sa vieille Guapa qui montait la garde et les jumelles qui veillaient sur lui, pour la dernière fois.

Il fallut avertir les premiers répondants. Janie alla chercher Patrick et Lisa, qui eux aussi furent dévastés. On dut sortir de force le chien et les chats, qui s'accrochaient encore un peu aux couvertures et à leur maître.

Vincent vint constater la disparition de son ami de longue date. Le verdict du médecin fut simple : Henriquet était parti tout doucement, dans son sommeil. Son cœur avait tout simplement cessé de battre.

— La vie, c'est si fragile, ça peut s'arrêter dans un battement de cils.

Gilles joignit ses parents pour leur annoncer la terrible nouvelle. Ces derniers s'y attendaient un peu. Tout au long de la semaine précédente, Gilles avait été en communication avec eux. Sa mère et son père avaient pu parler avec Henri par FaceTime. Ils avaient pu constater l'état de fragilité dans lequel se trouvait le vieil homme, bien qu'ils eussent espoir qu'il s'en sortirait, lui qui avait tant d'énergie. Dans ses moments d'éveil, ce dernier leur avait raconté son sauvetage dans le lac et comment il avait poussé Gilles et Janie dans les bras l'un de l'autre. Sa grande fierté. Comme il leur avait dit: «J'ai pu jouer mon rôle de grand-père jusqu'au bout!» Quelques fois aussi, il s'était tout simplement endormi en laissant glisser la tablette de ses mains.

Mathilde dénicha des billets pour un vol direct. Ils atterriraient à Montréal dans quelques jours. Patrick s'offrit pour aller les chercher.

Gilles attendit l'arrivée de ses parents pour qu'ils assistent à la crémation. La famille avait décidé de faire cette cérémonie en toute intimité. Il n'y aurait pas de service religieux à l'église, mais une célébration sur la ferme.

Les parents de Gilles furent étonnés de voir tant de monde venir rendre un dernier hommage à Henri. Il y avait beaucoup de gens du village, des commerçants et des lecteurs assidus qui venaient régulièrement emprunter les romans tant chéris par le vieil homme. Chacun se fit une joie de raconter les moments qu'il avait partagés avec lui. Ils célébrèrent la mémoire de tout ce qu'avait été cet homme unique. Le tendre berger, le mousquetaire intrépide, le gourmand des choses de la vie et particulièrement du chocolat, le soupirant de Marie, l'ami fidèle, le lecteur passionné, l'amoureux des bêtes, sans oublier le Basque têtu, généreux, et le taiseux.

Gilles avait prévu de planter un amandier dans le jardin. Henriquet disait que les fleurs de cet arbre au printemps soulevaient l'âme tant leur parfum était bouleversant. On déposa un peu de cendres sur les racines avant de les couvrir de terre. Lorsque la plantation fut terminée, on aurait dit que les chèvres s'étaient donné le mot : tandis que les gens applaudissaient, elles se mirent à bêler en chœur, ce qui eut l'heur de faire rire l'assemblée et d'atténuer, pour un instant, le chagrin de chacun.

Gilles avait placé près de l'urne une grande photo d'Henriquet posant fièrement dans le pré, entouré de ses chèvres, le *makhila* à la main. Un petit sourire malicieux flottait sur ses lèvres, ses yeux brillaient, et son éternel béret basque était bien enfoncé sur sa tête.

L'urne serait rapportée par les parents au village d'Arette, comme le souhaitait Henri. Elle y serait placée près de celle de Marie, qu'il avait conservée dans sa chambre, au milieu des livres et d'une photo de leurs enfants, à côté d'un petit bouquet de fleurs fraîches qu'il fallait remplacer régulièrement pour honorer sa mémoire. Henri, son beau berger, les fleurs, les livres et leurs enfants, c'est ce que Marie avait le plus aimé.

Gilles songea que, tout comme le couple italien Enzo et Graziella, ses grands-parents qui ne s'étaient jamais vraiment quittés continueraient à dormir côte à côte pour l'éternité.

Le petit groupe des intimes resta pour le repas du soir. Il y avait, en plus des voisins, Vincent et Jean-Marc. Nicolas, qui avait pu s'échapper du restaurant, s'était chargé une fois de plus du souper, et Janie du dessert. François et Mat étaient présents. Ce dernier avait apporté ses instruments de musique. Dans l'après-midi, lors de la cérémonie, il avait planté la pique de son violoncelle dans l'herbe du jardin et joué des airs très doux, très lumineux, qui avaient réussi à apaiser la peine. Quelques airs basques et béarnais avaient également résonné en provenance du vieux tourne-disque.

Quand les parents, accompagnés de Gilles, se levèrent pour entonner en même temps que Lambrusquera *Aqueros mountagnos* – chanson que tout petit Basque ou Béarnais connaît par cœur, mais surtout la chanson préférée d'Henriquet –, les invités se turent pour écouter ces voix harmonieuses qui montaient dans la nuit. Mais les Québécois présents furent étonnés de reconnaître l'air du refrain ; certains l'avaient chanté chez les scouts, d'autres dans les colonies de vacances ou en famille. Bien qu'elles provinssent de continents différents, qu'un océan séparait, les paroles québécoises accompagnaient les béarnaises.

S'il chante, qu'il chante
Ce n'est pas pour moi
Il chante pour ma mie
Qui est loin de moi.

Gilles sut alors qu'Henri ne les avait pas réellement quittés.

Puis, en soirée, Mathieu troqua son violoncelle contre l'accordéon. Ses petits airs joyeux et dansants, souvenirs des bals musettes du passé, firent du bien à chacun. Les couples exécutèrent quelques pas de danse en mémoire du vieil homme que personne n'arriverait à oublier.

Lorsque tout le monde eut terminé de déguster sa part de gâteau au chocolat et au piment d'Espelette, spécialement préparé par Janie et nappé d'une onctueuse sauce au cacao – le préféré d'Henri –, qu'on eut levé plusieurs verres en souvenir du Basque têtu, Janie proposa à la tablée de faire quelque chose que le vieil homme aurait désapprouvé, lui qui était si bien élevé, mais qu'il répétait allègrement depuis l'arrivée de Janie dans sa vie. Elle leur raconta que, chaque fois qu'il restait quelques traces de chocolat dans son assiette, elle sentait son désir de déguster l'entièreté du délectable aliment, mais aucune cuillère ou fourchette ne pouvait tout récolter. Un jour, elle lui avait fait signe qu'il avait le droit de passer son doigt pour nettoyer la porcelaine et de le lécher ensuite. Elle avait fait le geste, et il l'avait imitée, empruntant son petit rire espiègle. Elle raconta sa joie d'enfreindre les règles de bienséance avec autant de délice. Janie incita tout le monde à reproduire le plaisir coupable d'Henri, ce que chacun fit de manière gourmande. Puis les parents et amis levèrent leur verre à la santé de ceux qui partent trop tôt et sans bruit.

S'éloignant discrètement de la table, Gilles alla se recueillir près de l'amandier. Il pleurait ses regrets, son immense chagrin. La perte d'un homme inestimable qui lui avait sauvé la vie. Un homme dont il avait d'abord combattu de toutes ses forces le monde, qu'il croyait si différent du sien et qu'il avait refusé trop longtemps. Ses conseils de vieux, ses citations à répétition, son entêtement de Basque. Le même homme qu'il avait également tant aimé, admiré, qui l'avait tant fait rire. Son Pachou qui avait fait de lui un promeneur de chèvres et qui lui avait offert l'amour de sa vie.

ÉPILOGUE

Janie entra dans la chambre qu'avait occupée Gilles à son arrivée à la ferme. Les amoureux avaient récupéré celle d'Henri, plus vaste, avec ses murs habillés de livres du plancher au plafond. Il y avait aussi, et ce détail n'était pas négligeable, une immense fenêtre de laquelle on pouvait assister au coucher du soleil, confortablement installés sous les couvertures pesantes, au chaud, devant l'écran d'un cinéma en plein air.

L'ancienne chambre servait dorénavant aux amis qui débarquaient assez souvent à la ferme, histoire de se reposer de la ville et de ses tracas en venant faire le plein d'air frais, de silence et de fêtes dans le jardin. Elle était également utilisée comme bibliothèque pour les habituels lecteurs des environs. Le mot avait été passé. Ce n'était pas parce que Henri n'était plus de ce monde qu'on avait à se priver de ce service. Les connaissances et amis d'Henri continuaient de se présenter pour fureter à loisir dans les étagères et repartir avec des suggestions de lecture. Ils en profitaient d'ailleurs pour se procurer un des délices – pâtisseries ou pièces montées des grandes occasions – concoctés par Janie. Cette dernière avait établi son atelier-traiteur à la ferme. Mais comme elle n'arrivait plus à répondre à la demande des amateurs de plus en plus friands de ses créations, elle songeait à ouvrir une petite pâtisserie au village.

Ce jour-là, elle avait décidé de rapatrier les livres qui traînaient çà et là. Et des livres de toutes sortes, ce n'était pas ce qui manquait dans la maison. Elle s'assit sur le lit et déposa près d'elle le bloc-notes et le stylo qu'elle avait apportés pour en faire l'inventaire. Par la suite, les ouvrages répertoriés par titres et auteurs trouveraient une niche confortable sur les nouvelles étagères qu'avait construites Gilles dans cette chambre-bibliothèque ouverte aux proches.

L'amoncellement de romans qui se trouvait depuis belle lurette près du lit et qui risquait à tout moment de s'écrouler l'avait toujours intriguée. Gilles lui avait expliqué qu'effectivement, lors de son arrivée à la ferme, son grand-père avait commencé une sorte de bibliothèque privée, constituée de romans québécois, destinée au seul usage de son petit-fils. Cette pile de livres de chevet grandissait au fil des mois. Gilles n'y avait jamais touché. Trop occupé au début à dormir, puis à travailler auprès des animaux.

Elle saisit le premier de la collection. Il s'intitulait *Testament* et avait été écrit par Vicky Gendreau. Elle consulta la quatrième de couverture. Une jeune femme, atteinte d'un cancer, racontait son histoire. Elle fut étonnée d'un pareil choix de lecture pour Gilles. Peut-être que le vieil homme avait l'intention que son Gillou en apprenne davantage sur la maladie qui avait emporté Marie, sa grand-mère ? Elle nota le titre et le nom de l'auteure. Le suivant, elle le connaissait. Il s'agissait d'un échange épistolaire entre Kim Thúy et Pascal Janovjak intitulé *À toi.* Elle inscrivit scrupuleusement les titres suivants : *Seulement toi, Celui qui reste, Le dernier Je t'aime.*

Elle continua l'exercice jusqu'au bout, s'intéressant de temps en temps au résumé à l'arrière des volumes. Il y en avait exactement cinquante-quatre. C'est seulement lorsqu'elle réalisa à la toute fin que quelques titres avaient été, en quelque sorte, trafiqués qu'elle alluma. Quelqu'un, sûrement Henri, avait collé un papier blanc pour masquer le premier mot du roman de Gabrielle Roy, qui se lisait maintenant : *enfants de ma vie.* Il avait fait de même en insérant un deuxième exemplaire d'*À toi* dans l'amoncellement de livres, escamotant cette fois-ci, toujours à l'aide d'un bout de papier, le *À* du titre. Plus loin dans la pile, un *Z* majuscule, tracé à la main, avait remplacé la terminaison d'un verbe à deux occasions. On trouvait cet ajout dans *Chercher le vent* de Guillaume Vigneault et *Habiller le cœur* de Michèle Plomer.

Janie en était convaincue maintenant, cette montagne de romans québécois constituait un message. Une sorte de testament. Elle relut le premier titre et se mit à appeler Gilles de toutes ses forces.

En entendant les hurlements de Janie, ce dernier, qui se trouvait dans le jardin, lâcha les instruments qu'il tenait et bondit vers la maison.

— Janie ? Janie, ça va ? Ça va, mon cœur ?

Il la trouva dans son ancienne chambre. Elle tenait un papier à la main et était blanche comme un drap.

— Qu'est-ce qu'il y a ?

Il se jeta à ses genoux et plaça ses deux mains sur le ventre rebondi de sa belle. Elle finit par sourire pour le rassurer.

— Tout va bien de ce côté-là. Le bébé bouge. Il est drôlement en vie. C'est ça que je veux te montrer, dit-elle en brandissant la feuille sous les yeux de Gilles.

Il s'assit à côté d'elle et constata que l'amoncellement de livres, qu'il avait coutume de voir près de son ancien lit, était renversé.

— Tu fais du ménage ?

— Il faut que tu lises ça. C'est pour toi, tous ces livres… une sorte de testament que t'a laissé Henriquet.

Gilles se mit à rire nerveusement, ne comprenant pas où elle voulait en venir.

Janie se mit à lire à voix haute la liste des titres qu'elle avait scrupuleusement colligée, dans l'ordre où ils avaient été placés, et Gilles saisit, au fur et à mesure, le véritable sens de cette nomenclature et ce qu'avait trafiqué Henri pour lui laisser cet ultime message avant de partir.

Testament
À toi
Seulement toi
Celui qui reste
Le dernier Je t'aime
Le monde est à toi
L'Enfant migrateur
Tu peux
Tu peux toujours courir
L'exil vaut le voyage
Encore le temps de rebrousser chemin
Tu peux toujours rester
Le Survenant
L'Homme rapaillé
Reste encore un peu
De la ville il ne me reste que toi
Si tu meurs, je te tue
Je suis là
Ici, ailleurs
Le Dernier des snoreaux
Un matin tu te réveilles, t'es vieux
Le Temps de le dire
Terminus cauchemar
C'est le cœur qui meurt en dernier
Faut pas pleurer pour ça
Tout passe
Ce qu'il reste de moi
Cœur vintage
Pieds nus dans l'aube
La Mémoire de papier
La Page manquante

Ce qui existe entre nous
Ce qui nous lie
La Vie avant tout
Le Goût de l'élégance
Le Temps du paysage
La Terre
Un bonheur si fragile
Un espace entre les mains
[À] Toi
Le Promeneur de novembre
Danse pour moi
L'Avenir
Un amour
Étincelle
Un habit de lumière
[Ces] enfants de ma vie
Cherche[r]Z le vent
Le Bruit des choses vivantes
Habille[r]Z le cœur
Comme résonne la vie
Et arrivés au bout nous prendrons racine
Salut Galarneau !
Faites de beaux rêves

Incrédule, Gilles relut la liste.

— Le vieil *ispilu* !

Devant l'air d'incompréhension de Janie, il traduisit.

— En québécois, on dirait « le vieux snoreau » ! Il voulait vraiment que je me mette à la lecture.

Il se blottit dans les bras de Janie et se mit à pleurer doucement cet homme, incroyable jusqu'à la fin.

Dans leur grande chambre entourée de livres, on pouvait voir maintenant, encadré au-dessus du lit, le « testament » d'Henriquet, calligraphié à l'encre noire. Sur la table de chevet trônait une photo de Margotte et de ses nouveaux bébés : Gavotte, Parlotte, Biscotte et Loupiotte.

Ils s'installèrent souvent tous les trois, Gilles, Janie et la petite Samarie, dans ce grand lit confortable pour écouter des chansons, particulièrement celle de Nadau où résonnaient les mots *Patapim patapam*, qui faisaient rire Samarie aux éclats. Ce lit, à la fois radeau et tapis volant, ils y venaient aussi pour lire des livres. Des histoires qui parlent de poules et de chevreaux, de chiens et de chats. Des histoires de gâteaux fabriqués par maman qui montent jusqu'au ciel et qui baignent dans des rivières de chocolat. Des récits de gens incroyables que papa rapporte de ses promenades avec les chèvres. Plus tard viendraient les romans qui parlent de ceux qui sont venus avant, qui ont construit, qui ont aimé. Des histoires qui racontent les pays qu'ils ont habités, les métiers qu'ils ont exercés, les gens qu'ils ont côtoyés.

Leur vie serait faite de mille et une nuits de contes, de légendes et de récits. Des histoires pour rire, pour se reconnaître, pour pleurer aussi, pour être bouleversé, parfois. Des histoires à dormir debout, à frissonner, celles qui font voyager – en attendant de partir tous les trois quand l'occasion se présenterait. Il y aurait aussi des histoires qui tiennent en haleine, et celles qui font grandir. Tous ces romans à lire, à relire, à parcourir, à savourer jusqu'au mot « fin ».

C'est le vieil homme qui avait raison. Il l'avait répété si souvent en citant Cicéron : « Si vous possédez un jardin et une bibliothèque, vous avez tout ce qu'il vous faut ! »

Remerciements

Tout d'abord, un immense merci…

À Patrick et à Lisa pour m'avoir initiée si généreusement au monde caprin.

Merci à Heidi, Wendy, Amélie, Fanny, Siri, Panini, Loky, ainsi que tout récemment à Biscotti, Happy et Poppy d'avoir croisé ma route.

Un merci tout particulier à Marie-Eve Gélinas, la précieuse, l'attentionnée, la délicate, la formidable éditrice qui n'est jamais très loin de moi lorsque j'écris.

Merci de tout mon cœur à Maddia Esquerre pour ce tableau de maître en couverture. Tellement touchant.

Merci également à la famille Esquerre, Maddia, Maryse et Jean-Yves, ainsi que Martine et Paul Le Foll, d'être les gardiens de la vie d'Henriquet.

Un merci tout spécial à mes lecteurs formidables : Patrick Leimgruber, Madeleine Berthelet et Marie-France Corbeil.

Mes remerciements vont également à…

La véritable Janie (Thibault), pâtissière de talent.

Yves Boisvert de *La Presse* qui m'a raconté Michel Bédard, croque-mort.

Jean-Marc Bélanger et Vincent Lamoureux d'avoir accepté de figurer dans cette histoire.

Billy Robinson de la librairie Verdun pour ses lumières littéraires.

Diane Miljours, Andrée Ruel et Jacques Lamontagne pour le rappel des vieilles chansons d'enfance.

Une pensée toute spéciale pour Lio Kiefer, qui nous a quittés et qui m'a montré, à sa manière, le chemin des voyages.

À DÉGUSTER

Le *patxaran* est fabriqué en faisant macérer des prunelles avec quelques grains de café et une gousse de cannelle dans de la liqueur d'anis, pendant huit mois. Cette liqueur existe en Navarre depuis le Moyen Âge.

À ÉCOUTER

L'Encantada, interprétée par Los de Nadau au Zénith en 2017 : youtube.com/watch?v=FIzw6vrYwyY

Aqueros mountagnos, interprétée par Lambrusquera : youtube.com/watch?v=uq-m41DKeBE

Aqueros mountagnos, interprétée par Marcel Amont : youtube.com/watch?v=ScBtHe2BSEg

Le Petit Bal perdu, interprétée par Bourvil : youtube.com/watch?v=5mGAOrFs3r4

Haurtxo Seaskan (*Le petit enfant*), berceuse interprétée par le Chœur d'hommes de Bayonne, Pottoroak : youtube.com/watch?v=A2PXk_SuKAU

À DÉCOUVRIR

La Chèvrerie du chemin Alderbrooke
Chemin Alderbrooke, Sutton (Québec) J0E 2K0
facebook.com/La-ch%C3%A8vrerie-du-chemin-Alderbrooke-Alderbrooke-road-goat-farm-104831454482184

Restez à l'affût des titres à paraître chez Libre Expression en suivant Groupe Librex : facebook.com/groupelibrex

editions-libreexpression.com

Cet ouvrage a été composé en ITC New Baskerville 12,25/15,3
et achevé d'imprimer en octobre 2021 sur les presses
de Marquis imprimeur, Québec, Canada.

100% PCF BIOGAZ ÉNERGIE PERMANENT

Imprimé sur du papier 100% postconsommation,
fabriqué avec un procédé sans chlore et à partir d'énergie biogaz.